雏风清声

少年观世界

孙银峰 杜 静 李丹阳◎主编

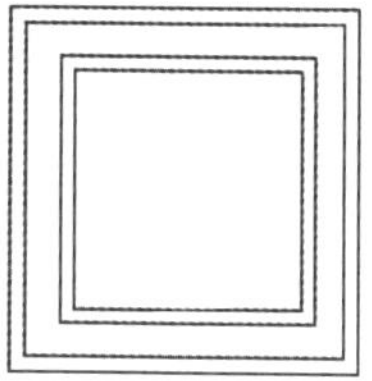

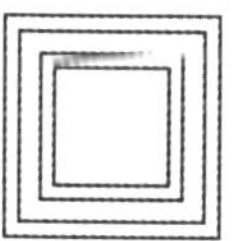

中国大百科全书出版社 知识出版社

图书在版编目（CIP）数据

雏凤清声：少年观世界 / 孙银峰，杜静，李丹阳主编 . -- 北京：知识出版社，2021. 9
ISBN 978-7-5215-0423-1

Ⅰ. ①雏… Ⅱ. ①孙… ②杜… ③李… Ⅲ. ①中国文学—当代文学—作品综合集 Ⅳ. ① I217.1

中国版本图书馆 CIP 数据核字（2021）第 170709 号

雏凤清声：少年观世界

孙银峰　杜　静　李丹阳　主编

出 版 人	姜钦云
图书统筹	王云霞
责任编辑	朱金叶
责任印制	吴永星
版式设计	博越创想
出版发行	知识出版社
地　　址	北京市西城区阜成门北大街 17 号
邮　　编	100037
网　　址	http://www.ecph.com.cn
电　　话	010-88390659
印　　刷	北京一鑫印务有限责任公司
开　　本	710mm × 1000mm　1/16
印　　张	23
字　　数	290 千字
版　　次	2021 年 9 月第 1 版
印　　次	2023 年 3 月第 2 次印刷
书　　号	ISBN 978-7-5215-0423-1
定　　价	60.00 元

艾瑞德教育丛书编委会

序言

善者因之：艾瑞德的教育哲学

郑州高新区艾瑞德国际学校，注定是个故事。她是春天的故事，带着温度，沐浴在春天灿烂的阳光里。

她诞生在2011年的春天里。那年，中原大地春意盎然，洋溢着无限的希望。

十年了，一个又一个好故事发生在校园，满满的，可校园里已装不下了。这本书将带着这些故事，再次在校园里传播，然后飞向中原大地，飞在祖国的四面八方。

故事意味着时间。时间具有一种伟力，去伪存真、抑恶扬善，在时间的怀抱里，新生幼态潜力无限，逐渐成长壮大。如今，艾瑞德长大了，健壮了，潜力更加无限。

故事意味着回忆。在一次闲聊中，海明威的妻子对海明威说："回忆也是一种饥饿。"是的，十年的淘洗，那些故事开始澄明、沉淀。每当回忆涌起，过往的一切都让我们急切地想去拥抱和分享，这是情感饥饿似的需求。这样的回忆形成可贵的集体性记忆，这是文化的记忆。

故事意味着想象。想象是创造的先导，只有想象尚未抵达的地方，没有想象不可抵达的地方。十年的办学，十年的创造，十年的想象……正是在想象中，艾瑞德更加宏大、辽阔，也正是在创造中，艾瑞德更加明亮、美好。

我去过艾瑞德好多次，有参观，有研讨，有学期结束会、新年会……总觉得艾瑞德是个大家庭，是个处处有故事的地方。学校提出的教育理念——“走自然生长教育之路，办有温度有故事学校”，已成为生动的事实。但是，我又总是觉得，对艾瑞德的认识只到此为止又是很不够的。温度来自哪里？故事为何诞生？大家庭究竟怎么形成？这些问号深处藏着什么样的答案？我总在思索和找寻着。

其实，答案早就摆在那里：“太史公曰：故善者因之，其次利道之，其次教诲之，其次整齐之，最下者与之争。”这是中国哲学的一种表达，表达的是价值链条上的排序，排在最前列、最重要的是“善者因之”。学校创始人孙银峰先生，校长李建华先生对此都有准确的解读：“每一个人成为善者、向好之人，以达无须提醒的自觉、不言而喻的遵守。”“善者，是温度的凝聚，是故事的升华”，“向善、求善、为善，是我们共同的教育愿景，引领着艾瑞德的每一位老师。”这就是艾瑞德的教育哲学。“善者因之”这一哲理深植于中华优秀文化土壤中，映射出中华文化的本色与亮色：追求伦理道德，塑造中华民族之德和以仁爱为核心的文化心理结构。作为一所国际学校，能立足中原大地，能扎根中国文化，体现了他们的文化自信与文化自觉。正是这样的教育哲学，铸造了艾瑞德的中国根、民族魂和文化脊梁。他们从文化的视角诠释了何为“国际学校”以及办好“国际学校”的真正密码是什么。

从“善者因之”出发，不难理解，艾瑞德学校正在探索落实“立德树人”这一根本任务的途径和方式。在艾瑞德，“立德树人”有个重要的文化出发点，它也是校本化的哲学基础，即善者因之。在艾瑞德，“立德树人”

有自己的切入口和突破口，而这切入口、突破口正是文化的生长点、教师教育哲学的关怀点与提升点，是艾瑞德十年办学经验的凝练，也是艾瑞德的文化制高点。艾瑞德的故事总名称就是“善者因之”。

“善者因之”，对校长而言，意味着什么？抑或说对校长有什么要求？可以从“善者因之”开拓出去，用歌德的话来阐释：“给我狭窄的心，一个大的宇宙。”心是狭小的、狭窄的，但心胸是广大的、宏大的，好似“一个大的宇宙”。李建华校长正朝着这一方向不断努力。他将艾瑞德装在心里，将每一位教师、每一个孩子都装在心里，把全身心都献给了艾瑞德。那“校长 60 秒”的每一秒，那家校合作的“相约 8：30”中校长表扬电话的每一分，都是一次善的唤醒与激发。校长是有温度故事的设计者、组织者和创造者。

“善者因之”，对教师而言，意味着什么？抑或说对教师有什么要求？同样，可以从“善者因之”开拓出去，用雪莱的话来阐释：“道德的最大秘密就是爱。”《哈利·波特》的作者 J. K. 罗琳说：“爱是一种最古老的魔法。”确实，中华文化中的伦理道德是以仁爱为核心的。艾瑞德的几乎每一个教师都是爱的守护神，不，他们就是爱的天使，把真诚、无私的爱洒向每一个孩子，无论是幼儿园的，还是小学部的；无论是学习成绩好的，还是学习暂时有困难的；无论是家庭背景好的，还是家庭背景特殊的……爱是平等的、公平的、不求回报的。爱又的确像魔法，使孩子变得文明起来、聪明起来、勤劳起来、善良起来、健康起来。艾瑞德的故事的确是爱的故事，而爱的温度可以传递，让整个艾瑞德都变得温暖、光明、美丽。总有一天，艾瑞德的孩童将带着“爱的魔法”走向人生，走向社会，走向世界，为人类做出爱的奉献。

“善者因之”，对学生而言，意味着什么？抑或对学生有什么要求？同样，可以用马克思的话来阐释：“只有在共同体中才有可能有个人自由。”艾瑞德是个共同体，是冬天的火炉，是幸福的港湾，是精神的家园。共同体有共同的理想，艾瑞德孩子们的共同理想就是爱国、强国、报国，为成为可以担当民族复兴大任的时代新人打好基础。共同体有共同的规则，大家都遵守规则，大家也就都自由了。自由是创造的保姆，艾瑞德成了儿童创造的王国，创新精神、实践能力在校园里已长成了小树，将会长成一大片森林。

当然，还可以追问家长："善者因之"对你们而言究竟意味着什么？对新时代的家长提出了什么新的要求？艾瑞德的家长已交出了精彩的答卷，他们会讲出有温度的"春天的故事"。

为郑州艾瑞德国际学校建校十周年，我写了以上的话。不是谦虚，这篇文章没有书中的文章写得好，但我坚信"善者因之"。我也会变得更好。

谢谢艾瑞德创办人孙银峰先生，谢谢李建华校长，谢谢所有的教师和孩子。祝福你们，祝福艾瑞德的下一个十年！

成尚荣

（国家督学，教育部基础教育课程改革专家委员会专家，中小学教材审查专家，中国教育学会学术委员会顾问）

美好的教育：让学生代言

好的学校教育，需要敢于并善于发出自己的声音。但是，不同的学校，其发声的路径各不相同：媒体说，校长说，教师说，家长说……生长于中原腹地的郑州艾瑞德国际学校在十年校庆之际，选择“学生说”的方式，让艾瑞德的孩子做十年办学的代言人，于是《雏凤清声：少年观世界》呱呱坠地，且掷地有声。

《雏凤清声：少年观世界》是艾瑞德国际学校教育的声音，也是艾瑞德孩子们生命拔节的声音。

从这声音中，我“看到了”艾瑞德孩子成长的履痕。2019 年 5 月，我有幸走进艾瑞德孩子们的语文课堂。一个孩子在发言中告诉我，读书、背诗、写作文，是艾瑞德孩子们语文学习的“三件套”。原来，艾瑞德的孩子甫一入校，就在老师的带领下读绘本、背诗文、写图文日记。我认为，于语文学习而言，这是在帮助学生练就语文学习的“童子功”；我还认为，于一个人的成长而言，这是培根铸魂的最佳路径。正源于此，我拿到这本厚厚的《雏凤清声：少年观世界》时，没有惊讶，只有欣喜——一切尽在我的意料之中，这是艾瑞德孩子们语文学习的自然产出！这本书用七个篇章，收录了艾瑞德孩子笔下流淌出来的两百多篇童语稚言，字里行间充满着清澈的童趣，流淌着艾瑞德校园生活的美好。写人、叙事，状物、写景，作诗、演讲，不拘一格地自由表达，彰显了“言为心声”的习作教学价值追求。好的习作，一定是用来记录真实生活、表达独特心情的。艾瑞德的孩子们用自己的笔记录了小学六年的点点滴滴，从他们的文字中，我看到了他们精彩的校园生活，更看到了他们留下来的深浅不一的行走履痕。

从这声音中，我“看到了”艾瑞德语文教学的密钥。成尚荣先生曾说：“不要给学生背不动的书包，要给学生带得走的能力。”学生语文素养的提升绝不是简单的读书、背诵、刷题。想让人造船，不是给他准备木材，而是激发他对海洋的渴望。艾瑞德的语文老师深谙此道。阅读是输入，写作是输出。他们抓住“输出”这一语文素养提升的“牛鼻子”，课堂上搭建写作支架，阅读中提供写作素材，生活里注入写作源泉，评价处激活写作动机。于是，写作成为艾瑞德学生语文学习的重要部分；指导学生写作成为艾瑞德语文老师的核心教学抓手。亲朋好友，生活趣事，校园生活，山川风光，皆可入文。世界成为艾瑞德的语文教材，自然就是艾瑞德孩子们的语文课堂。浏览《雏凤清声：少年观世界》收录的两百多篇习作，你的眼前会不断地闪现出艾瑞德孩子们在校园中、在自然里的快乐画面；他们不只在记录、描摹，他们更在为生活作诗、为艾瑞德演讲。艾瑞德的语文老师，帮助艾瑞德的孩子们寻找到用语文的方式记录精彩生活的密钥。这是老师给艾瑞德孩子们的童年馈赠，是孩子们从艾瑞德的校园内外习得的带得走的语文能力。

从这声音中，我“看到了”艾瑞德教育美好的模样。著名心理学家阿德勒曾说：“幸运的人一生都被童年治愈，不幸的人一生都在治愈童年。”童年是人生的“基本盘”，小学六年又是童年的黄金期。给孩子怎样的小学生活，决定着学生童年的色彩，更决定着其人生的走向。小学六年，提供给孩子的不能只有课堂、知识，作业、考试；更应该有学生难以磨灭的美好记忆，助力一生的带得走的能力。作为中原大地上的一所年轻的民办学校，艾瑞德国际学校充分发挥民办学校办学机制的优势，在校长李建华先生的带领下，一边夯实国家课程的优质实施，一边着力于“六个一”生命体验课程的开发，并以此为孩子们的童年着色，进而让每一名艾瑞德的孩子把“艾瑞德”留在心里，更烙在自己人生记忆的长河之中。露过一次营，穿过一条谷，经历一种爱，访过一座城，蹚过一条河，登过一座山——艾瑞德生命体验课程中的“六个一”，未必都是艾瑞德的首创，但是把“六个一”放到一起，以“六年”为单位进行课程的整体设计，一定是艾瑞德的原创。其实，首创也好，原创也罢，关键是这样的创造不只止步于艾瑞德的“计划”之中，而是变为了艾瑞德学子的实际行动，并且坚持不懈，从未间断。世界在我眼中，我在世界怀里——这应该是现代学校应有的模样。艾瑞德正成为如是学校的模板。

在艾瑞德国际学校的门口，耸立着一面校志坊，上面醒目地书写着：“天地无人推而自行，日月无人燃而自明，星辰无人列而自序。人之所以生所以无，所以荣所以辱，皆有自然之理。教育应是自然生长。”从这本“学生说”的《雏凤清声：少年观世界》之中，我看到了艾瑞德国际学校的自然生长之道：让儿童在教育的“自然”中，自然地生长。

（江苏省语文特级教师，南京师范大学附属中学新城小学校长）

目录

第一章 时光相册

◆ 亲人影集

◆ 我的相册

◆ 师生剪影

第二章 浪花朵朵

◆ 行走远方

◆ 成长足迹

◆ 游戏天地

第三章　山川风光

◆ 四季如歌

◆ 山河故里

◆ 草木有情

第四章 青青校园

◆ 母校情深

◆ 运动风采

◆ 生长日记

◆ 与诗同行

第五章　小荷尖尖

◆ 锦书云寄

◆ 想象天地

第六章　星光熠熠

◆ 先声夺人

第七章　梧桐花开

◆ 云开月明

第一章

时光相册

亲人影集

我的妹妹

肖雨晴　9岁

我的妹妹是个古怪的小精灵，一言不合她就哭，但可爱起来谁也比不过。

我的妹妹叫果果，她的头发短短的，圆乎乎的脸上长着两只晶莹的眼睛，一张小小的嘴巴，可爱极了。果果长得有点胖，但大人们总说小宝宝胖得多可爱呀！可是每当果果要抱抱的时候，大人们又开始说果果太胖了，大人们可真奇怪。一会儿说妹妹太胖，一会儿说胖得可爱。

果果很“善良”，她从小爱帮助别人，但她总是帮倒忙，例如果果帮助爸妈倒水，结果杯子被摔破了，再比如果果想把被子铺整齐，结果把被子弄到了地上。

果果喜欢“唱歌”，而且是自己边唱歌边跳舞，每次唱的不是歌，其实是咿咿呀呀的“虫鸣”。

这就是我的妹妹果果，一个古怪的小精灵。

◆ 教师评语 ◆

文章采用总分总的结构，思路清晰，主题突出，语言幽默、风趣，刻画出妹妹精灵古怪的形象。

（指导教师：孟少丹）

小小“动物园”

杜依娜　10岁

今天，我邀请你来参观我家，那里简直是一个“动物园”，每个“动物”都有自己的必杀绝技。

在这个“动物园”里，我是经常被攻击的头号目标，哥哥是被攻击的二号目标，爸爸是被攻击的三号目标，妈妈是动物王国里的老大。现在你是否已经猜出我们是什么动物啦？接下来让我来揭晓答案吧。

妈妈是一只母老虎，爸爸是一头憨厚的熊，哥哥是一只与猫吵架的鸡，而我就是那只猫了。怎么样，是不是与你猜测的结果一样呢？

下面我就用事实向你证明吧。疫情期间，每天都宅在家里，我跟哥哥商量道：“为了让咱俩在家里也能锻炼身体，咱们每天打一架吧。”哥哥点了点头，表示赞同。

这一天，我和哥哥早早地就把作业写完了，我们开始打架了，刚开始打，爸爸就过来了，说：“我预计不出5分钟，‘母老虎’就会来了。”我和哥哥都不相信。我们开打了，果然，在2分32秒的时候，“母老虎”赶来了，“母老虎”一脸严肃，想问清楚到底是怎么回事，我急忙解释道：“老虎大王，我们这是商量好的，在锻炼身体。”知道真相后，“母老虎”才不慌不忙地走开了。我迅速地找到了爸爸，说：“你算得也太准了吧！”爸爸自信地笑了笑。

怎么样，我家是不是很像一个动物园呢？

◆ 教师评语 ◆

语言通顺，情感真挚。修辞手法恰到好处，继续努力哦！

（指导教师：张婉清）

小小“动物园”

游　奕　10岁

你知道我们家的“动物园”里有哪些动物吗？让我来告诉你吧。

我爸爸属鸡，可是他不像鸡那样起得早，他总是赖床。但是，他会把每一顿饭做得丰富多彩，变换花样，他是我们家的大厨，也是我们的服务员。为什么说是服务员呢？因为他总会问我：“今天中午想吃啥？今天晚上吃点啥？”就算周六我刚吃过早餐，他也要问我，让我点餐。

我妈妈属猪，可是她不像猪那样好吃懒做，她像一只勤奋的蚂蚁，一整天在地上跑来跑去，一会儿打扫卫生，一会儿洗衣服，一会儿又收拾屋

子，不是忙这就是忙那，真是很辛苦啊！

我姐姐属牛，可是她不像牛那样勤劳，也不像牛那样强壮，她像一只骄傲的白天鹅。她把自己打扮得很漂亮，学习也够刻苦。我应该向姐姐学习，她给我树立了好榜样。经过刻苦努力，她得到了一份令人羡慕的工作，正因为如此，她才有资格骄傲。

我属老虎，可是我不像老虎那样凶，我有的时候像小猫咪，有的时候像国宝熊猫。为什么像小猫咪呢？因为我的饭量很少，少到跟猫的饭量一样。那又为什么说像熊猫呢？因为我被家人百般宠爱，但我知道我应该好好学习，天天向上，才对得起这些宠爱。

我姥姥属马，可是她不像马那样跑得快，因为她年龄大了，自然跑不快。可她却像老黄牛一样，任劳任怨，愿意为别人付出很多，且永远善良。以前姥姥住我们家，帮助我们。现在我姨姨生病了，姥姥就从我们家去了姨姨家，照顾表弟和生病的姨姨。

这就是我们家的“动物园”，你们喜欢吗？

◆ 教师评语 ◆

立意新颖，过渡巧妙。在描述家人不同特点的同时，能充分表达出家人身上的优点，体会到家人对自己的深爱与照顾。文章特别完美！

（指导教师：张婉清）

小小“动物园”

苏　扬　10岁

我的家非常像一个小小的“动物园”。里面住着好几种“珍稀小动物”。

我的妈妈像极了一只鹦鹉。每天清晨，就开始上演她的口技绝活。例如：“好，起床了！动作快！别磨蹭……”其实，碎碎念中都是爱。每当我陶醉在书海中的时候，我的耳边总会响起一句话，不用说，你们也知道，“苏扬，吃饭了。”每次我在专注于做一件事的时候，她都会不厌其烦地叫我，直到我有反应为止，不然她才不会善罢甘休。我也真佩服老妈的执着精神，我的妈妈是不是特别像一只鹦鹉？有时候我早饭来不及吃，或是偶尔我身体不舒服，我能看出妈妈对我的那种心疼，她爱我在心！

我的爸爸像一头大老虎。有一次趁老爸不在家的时候，我偷偷玩起了电脑，玩着玩着就忘了所有的事情。突然，我从镜子里看到了老爸的身影，他正在虎视眈眈地盯着我。他老人家喘着粗气，眼睛瞪得像个铜铃，我知道爸爸是强压着怒火，他高分贝地说：“作业写完了吗？”我对着爸爸露出一个苦笑。“还不快去写！”我赶紧灰溜溜地跑去写作业，心里暗暗庆幸自己跑得快，逃出了“虎掌”。

这就是我们家的小小“动物园”。虽偶尔会充斥着硝烟，但更多时候都充满着暖暖的爱。

◆ 教师评语 ◆

读这文章，让我感到特别温暖。小作者在字里行间里都洋溢着父母对他的挚爱。全文内容真实，感情真挚，值得点赞！

（指导教师：张婉清）

小小“动物园”

孙逸辰　10 岁

我的家是一个“动物园”，这是为什么呢？请听我慢慢道来。

早晨，暖和的阳光从窗户外跑进来。

我起床时，听见一阵隆隆声，这是“大蜜蜂”在熬汤。其实“大蜜蜂”就是爸爸，他每天都在干家务活儿：地脏了扫地，吃完饭刷碗……他可真像一只勤劳的大蜜蜂啊！

上午 10 点左右，听到一阵响声，是“大树懒”起床了。“大树懒”就是妈妈，她每天都要睡到 10 点左右才起床，中午午休睡到下午 5 点左右，晚上 9 点就睡，她可真是名副其实的“大树懒”呀！

我是一头“小狮子”，吃肉是我的强项，中午一口气吃了5块肉，真让人大吃一惊。说来也奇怪，我就是吃不胖，你说我是不是很像一头狮子呢？

我的弟弟是一条“鱼”，他游泳特别好，是班级里数一数二的名人。每次在水里的时候，他都像鱼一样自由自在。

这就是我家的“动物园”，你可以来参观参观哟！不收门票的！

◆ 教师评语 ◆

文章通俗易懂，富有幽默感。抓住了家人各自的特点，突出了文章主题，家就像个小小“动物园”。与家人在一起都很幸福，文章很感人。

（指导教师：任炎敏）

只有三只动物的“动物园”

许哲文　10岁

一看到题目，大家就会想，为什么是只有三只动物的动物园啊？三只动物还叫动物园吗？不要着急啊，等我来说明，因为我突然发现我家还真

像一个“动物园”。

所有妈妈生起气来都像食肉动物捕猎的样子，我的妈妈也是，但我的妈妈更像一只东亚灰狼。东亚灰狼温柔的时候可以和人类交朋友，一旦它生起气来，可是会咬人的。我的妈妈常和我聊我与同学之间的小事情，谈笑风生，非常和谐，这一点和东亚灰狼非常像。可一旦我犯错的时候，妈妈就会举起她的狼爪进行一场猎捕。每到这时，我就像一只待捕的猎物一样，只能在她的狼爪下瑟瑟发抖，等待着最后的审判。

我把爸爸比作一匹大河马，希望他不要伤心。我爸爸这个人个子不高不矮刚刚好，但是他那鼓起来的大肚腩可真好笑。他还有好多好多本书，数都数不过来，他真是一匹学富五车的河马呀！我的河马爸爸胃口超好，饭量超级大。每次吃完饭，他就喜欢躺在沙发上，或者坐在我的椅子上看书。我妈说：“迟早有一天，你的椅子就会被你爸坐出一个大坑来。”哈哈，我这匹胖嘟嘟的河马爸爸呀！

我其实是一个超级懒的人，啥事也不喜欢干，就像一只永远在睡觉的树懒。除了上课，我就只喜欢趴在我的“树上”，也就是我的床上看书。可一旦我看见好吃的，就会以光的速度飞到桌子旁边，大口大口地吃起来。

这就是我家的“动物园”，可爱又温馨。我爱我家的“动物园”。

◆ 教师评语 ◆

这是一篇写人的文章，小作者用生动幽默的语言，介绍了自己家人的性格特点。“东亚灰狼”妈妈、“河马”爸爸和我的“树懒”形象，在笔下活灵活现、妙趣横生。

（指导教师：赵亚琮）

我的爸爸

赫子萱　12 岁

我有一个好爸爸，他很高。爸爸每天起床都会看看他的头发有没有掉，好像很在意这个。他还有一个大大的肚子，我猜我小时候一定很喜欢在爸爸的肚子上玩。

我爸爸很疼爱我们。为了让我多吃点，他自己学习做饭，现在已经能做许多菜，比如炒虾尾、炒花蛤、大盘鸡、番茄鱼等等，是不是听着就让人直流口水呢？而且我爸爸做的每顿饭都非常好吃。每当爸爸有时间，都会给我们做饭，我们就会吃得肚子圆圆的。爸爸看到我们吃得很香，脸上总会露出满意的笑容。

我爸爸非常聪明，我每天晚上都和爸爸一起下象棋，我们玩的是中国象棋，但是爸爸总是能赢我。国际象棋我们以前都没有玩过，所以我要求玩国际象棋。为了能赢爸爸，我认真学习了棋谱，但不出所料，我还是输给了他。由于爸爸头发比较少，所以他总是说自己是个“聪明绝顶”的人。这不，正是这样，他才会每天早上都看看自己的头发有没有掉。

爸爸还是个努力工作的人。我感觉我爸爸很爱加班，每天回家都要到晚上八九点，有时到家还要打电话。他是一个电子工程师，他很喜欢自己的专业，当他说到工作时总是滔滔不绝，眼中有光。有时他还会给我讲传感器、机器人、宇宙奥秘等知识，我感觉他什么都懂。在我心里他就是个大科学家！

这就是我的爸爸，一个对我们疼爱有加、“聪明绝顶”而又努力工作的爸爸！我爱我的爸爸，永远都爱！

◆ 教师评语 ◆

像《我爸爸》那本绘本一样，读来令人感动。爸爸是孩子的保护神，在孩子心中，爸爸是伟大的。孩子爱爸爸，爸爸爱孩子，永远都爱！

（指导教师：葛娟）

我的妈妈

周浩淼　12岁

如果妈妈是一棵大树，那么我就是树上的一片绿叶；如果妈妈是一本书，那么我就是书里面的一个字；如果妈妈是一轮明月，那么我就是一颗明亮的星星。

妈妈为我付出了太多，在我心里她非常伟大。上二年级时，一次放学，

我因为不会写生长日记，有些不高兴，细心的妈妈看出了我的难处，对我说："回家我来教你。"回到家，妈妈反复给我讲了写作技巧，还告诉我，做事不能一有困难就放弃，坚持到底才是胜利。从此以后我遇到困难就不会泄气了，是妈妈打败了我心中的"魔鬼"，告诉我做什么事都不能放弃，要坚持。

我从小就有一项爱好——弹钢琴。以前每次放学她都接上我去练钢琴。堵车时，长要两个小时才能到，短要一个半小时才能到，练钢琴还需要一个小时。可无论妈妈多忙，她每次都陪着我。今年，我住校了，有一次我生病了，嗓子一直咳嗽又很疼。课间魏老师递过来一盒治嗓子的糖，我以为是魏老师送我的，后来才知道，原来是妈妈开车到学校给我送的。

这就是我的妈妈，一位伟大的妈妈！我想对她说："谢谢您，妈妈，我爱您！"

◆ 教师评语 ◆

小作者叙述具体，细节真实，真情感人。虽为生活小事，小作者却描述得有声有色、情真意切，很好地凸显了文章主题。

（指导教师：田芳）

我的爸爸

张庭恺　11 岁

我的爸爸 43 岁了，一头黑发中掺着几根白头发，他特别幽默，是个整蛊我的“专家”。

上学期期末考试后，我回到家给爸爸看我的试卷，爸爸看完后乐呵呵地说：“哟，我儿子考了 300 分啊，爸爸要做九菜一汤，好好给你庆祝一下！”我开心得不得了，一边看着电视一边等着，妈妈也高兴得不行，一起去做饭了。

过了将近一个小时，爸爸喊道：“开饭喽！”我赶紧跑到餐桌旁，准备看看有什么美味佳肴，结果只有一盘生韭菜和一碗汤。爸爸说：“这不就是‘韭菜一汤’吗？”这时妈妈走了过来，而妈妈手里端的那盘清炖排骨暴露了爸爸的“阴谋”，爸爸一看这情况就只好把生韭菜撤掉，乖乖地把真正的九菜一汤端出来，我们一起开开心心地享用。

爸爸还是考我的“专家”，每次看到我一知半解的东西，他就直接刨根问底，然后偷偷用手机一查，再装作逞能的样子给我讲出来。

这就是我幽默的爸爸，同时也是我家的第二大笑点，第一嘛，那肯定是我喽！

◆教师评语◆

小作者出手不凡，叙述自然灵动，特别是包袱抖得好。全文节奏明快，语言清新，始终洋溢着诙谐与风趣，让人读了，同享快乐。

（指导教师：田芳）

我的爸爸

方泽羽　11岁

我的爸爸今年四十岁了，他长得高高壮壮的。爸爸整天都很忙，经常加班，总是到深夜才回来。他工作时不苟言笑，表情总是很严肃，好像整天都在思考着什么似的。他是一名警察，工作的性质决定了他的性格，无论做什么事都不急不躁，一副胸有成竹的样子。他工作认真，成绩卓然，各种奖状和荣誉证书摆满了家里的书柜。

生活中的爸爸是一个非常有爱的人。有一次，一道数学题成了“拦路虎”，我苦思冥想了半天，还是百思不得其解，于是我先去向妈妈请教，妈妈皱着眉头看了半天，最后对我摇了摇头。没有办法，我只好向正在书房忙碌的爸爸求救，爸爸接过练习册看了看，拿着笔在纸上写了一会儿，然后笑眯眯地看着我说："这道题其实并不难，来！我给你讲讲。"然后他娓娓道来，那么难的题经过他趣味的讲解，马上变得简单了。我看着爸爸，不由得对他竖起大拇指说："爸爸，你真厉害！"

爸爸特别爱看书，无论什么时候看到他，他都在看书。每天一回到家就看书，吃过晚饭后看书，睡觉前看书，陪我下楼骑自行车时坐在一旁看书。我去上跆拳道课，他就在教室外面一边等我一边看书……爸爸经常说"书是人类进步的阶梯"。

读书是我们学校的校风，在爸爸和校风的影响下，我也非常喜欢看书。我和爸爸经常共读一本书，然后进行读书分享。渐渐地，我的知识量越来越大了。班级每周一次的读书分享、课前三分钟演讲、参加学校演讲比赛，我经常赢得老师和同学的掌声，我的作文也写得一次比一次好。

这就是我的爸爸，人民的好警察，爱读书的"大书虫"，让我最为喜欢的好爸爸。

◆ 教师评语 ◆

小作者用平实生动的语言，写出了爸爸工作时认真、生活中有爱的事例，使爸爸伟岸的形象跃然纸上。全文充满了对爸爸的深深喜爱和无比尊敬，真棒！

（指导教师：赵首梅）

我的相册

我是魔法师

徐靖祺　8岁

我像云又不是云，像烟又不是烟。你们猜猜我是谁？

我是一位魔法师。现在，我要给大家表演一个魔术：我要把森林变没。我朝着高大的树木施展魔法，大树变没了；我又朝奔跑的动物施展魔法，动物很快变没了；接着我朝流动的小河施展魔法，小河也变没了。我飞上天空，看看还有什么可以变没的。这次，我要把自己变没。霎时，森林又出现在人们的眼前。可是作为魔法师的我呢，你们知道去哪里了？

◆ 教师评语 ◆

小作者将雾比作魔法师，开头设置悬念，吸引着读者急切地想往下读，又通过有趣的语言表现出雾变幻的神奇与可爱！

（指导教师：黄冬燕）

童年的我

江怀元　9岁

每个人都有自己的童年，我也不例外。说起我的童年生活，那可真是丰富多彩、无比快乐，难忘的事情就像天上的星星一样多。

我八岁生日那天，本以为爸爸妈妈会像以前一样给我过一个隆重的生日，结果他们根本没想起来。由于新冠疫情的影响也不能出门，我失望极了，虽然奶奶做了我爱吃的可乐鸡翅，姑姑在网上给我订了美味的生日蛋糕，但我还是很不开心，不想写作业，弟弟让我跟他玩，我也没心情。唉！这可真是“难忘”的一天呀！

到了晚上，正无聊准备要睡觉呢，奶奶的手机“丁零”地响了一下，我打开一看，原来是妈妈发过来的微信，祝我生日快乐，还说要加班到很晚才能回来。我眼泪马上就流出来了，原来他们没有忘记我，只是因为太忙了……我擦了擦眼泪，嘴里忍不住哼起了生日快乐歌。

童年的我是手中的变形金刚，可以变成汽车飞驰，还可以变成擎天柱威力无穷。

童年的我是球场上的足球，像一只可爱的黑白精灵，尽情奔跑，传递快乐。

童年的我是老师手中的戒尺，在规矩方圆中学习成长。

童年的我，无忧无虑，开心快乐……

这就是童年的我，在简单快乐中慢慢长大。这样的事情还有很多，有些令我开心，有些令我难过，现在的我特别感谢这些经历，因为这些都是我记忆中最宝贵的珍珠。

◆ 教师评语 ◆

此文章重点突出，详略得当，内容具体，比喻贴切，用词生动，实为一篇好文章。

（指导教师：张明）

童年的我

刘骁威　9 岁

童年的我喜欢和奶奶在小溪里抓鱼捉虾，看蝌蚪在池塘里自由自在游泳，我可以在一望无际的稻田边奔跑，天空中回荡着我欢快的笑声，我是多么快乐而幸福啊！

童年的我喜欢跟着爸爸妈妈去旅行。和妈妈一起坐上飞快的火车，去

人间仙境张家界；和爸爸一起去北京天安门广场，凌晨我们在天安门广场看升旗，鲜艳的五星红旗在高昂的国歌声中缓缓升起；我还去了广州、上海、西宁、门源、多彩的云南……

童年的我喜欢和老师同学们在一起。和老师一起互动，和同学们一起共同学习、成长，特别有意义。

又是一个春暖花开的季节，又是一个鸟语花香的春天，我的童年一定会添加更多美丽的色彩。

◆ 教师评语 ◆

文章语言通俗易懂，充满童趣。小作者以轻松愉快的语气，向我们娓娓道来，令人回味无穷。

（指导教师：张明）

有你，真好

田一雯　12 岁

每次从广场走过，我就忍不住停下脚步，试图寻找着人群中的你。看

到一个与你相仿的身影出现时，我都会怀疑那是不是你。

那是一个秋天的夜晚，我在广场上兴致勃勃地滑轮滑。因为当时人缘特别好，不一会儿我结识了一个与我年纪相当的女孩儿——你。我们一拍即合，玩起了你追我赶的游戏。我们跑来跑去，玩得不亦乐乎。

玩完了游戏不过瘾，我们又决定绕广场一圈，谁先回到起点谁就赢。一声“开始”后，我们两个如同一阵风一样冲了出去。我仗着人高腿长一直处于优势。

就在快要到终点时，我的前面突然蹦出来了个“小不点”。眼看着撞上“小不点”了，我飞快地“刹车”，可是因为紧张了，弄错了左右脚。我只好往边上一转，结果摔了个人仰马翻。这一跤摔得可不轻，我的膝盖和手掌都磨破了皮，疼得我眼泪马上就流了下来。这时候你从后面追上来了，原本以为你会在一旁开心地大喊：“我赢了！我赢了！”而你却快速地滑到我的身边，将我扶起来，眼神中充满了担忧，赶忙问道：“怎么样啊，哪里受伤了？疼不疼哟？”一番话后，你又安慰我说，“你的反应真够快的，如果是我的话肯定会把‘小不点’撞飞。”你扶起我，慢慢把我带到了长椅上。扶我坐下后，你用纸巾把我的膝盖和手掌处的污渍小心翼翼地擦去了。看见我在流血，你又向人借了电话给我的父母打电话。直到我父母来了你才肯离开。

许多天以后，我的伤终于好了，就又去广场找你，可是怎么也找不到你了。

我的朋友，不知道你是否还记得这件事？不知道你是否还记得我？但是我会一直记住你！因为，有你，真好！

◆ 教师评语 ◆

小作者思路清晰，叙事具体，在细腻的场景描写与字里行间里渗透着浓烈

的真情实感。文章结尾点题，使文章内容与形式完美融合，不失为一篇佳作。

（指导教师：田芳）

童年的我

张艺涵　9岁

童年的我是开心的，幸福的。

在我很小的时候，每天都有妈妈的陪伴。春天，妈妈带我和小伙伴们一起去公园晒太阳、看小花、看小草；夏天，妈妈带我喂金鱼，下雨时我们像佩奇和乔治一样去踩水坑；秋天，妈妈带我去捡落叶做标本；冬天，妈妈带我去雪地里自由地奔跑、打滚，我们一起堆雪人、打雪仗。到处充满欢声笑语。

童年的我爱阅读，常常拿起书本忘记了时间，读到有趣的故事时不由自主地哈哈大笑。

童年的我爱运动，除了跑步、跳绳，我还喜欢游泳，我喜欢像鱼儿一样，自由自在地在水里游来游去。

童年的我多才多艺，我喜欢唱歌、弹琴、演讲、主持。

童年的我很上进，我正在为成为一名合格的艾瑞德少年而努力！

童年的我有梦想，我想做一名考古学家，探索、研究更多的历史秘密。

◆ 教师评语 ◆

文章开头简单得当，直奔主题。展现童年的我，层级清晰，语言生动，可读性强，并给人以正向激励。

（指导教师：张明）

童年的我

朱昕晨　9岁

童年就像一片大花园，花园里有许许多多花儿。有红的，有粉的，还有正在努力生长的，每一朵花都代表着不同的意义。

好吧，我摘下其中的一朵。

那是我5岁的时候，有一次我起床没有看见爸爸妈妈，以为爸爸妈妈上班去了，我担心自己会迟到。但是去妈妈房间一看，爸爸妈妈还在睡觉，我赶紧叫醒妈妈快送我去上学。到了幼儿园我们发现教室外面一个人也没有，看来我真的迟到了？进教室后才知道原来我是第一个来的啊！这件事我现在一想起来，就忍不住哈哈大笑。

童年，你就像一片蓝蓝的大海，里面有许许多多美丽的欢快小鱼，童年是多么欢乐啊！

童年，你就像一片茂密的森林，里面有许许多多可爱的小动物，童年是多么有趣啊！

啊！童年，你是多么五彩缤纷！

◆ 教师评语 ◆

文章开头新颖，具有先声夺人之效。点面结合，生动具体，详略得当。

（指导教师：张明）

我是爱拖拉

袁　哲　9岁

我是一个很爱拖拉的人。

我在妈妈工作的单位写作业的时候，每当有人来，我都会东张西望，不写作业。

我在家写作业的时候，也总是会偷偷地玩一会儿再写。比如说我去外面溜达一会儿，和妹妹说一会儿话，玩一会儿手机，躺在床上休息一会儿，这可没少惹妈妈生气呢！因此我下定决心，以后写作业要一心一意，不能三心二意，不再惹妈妈生气了。

这个星期六，我一回到家就赶快写作业，丝毫不敢耽误时间，甚至也不偷偷地玩东西，这次写作业我特别专心，一点儿都没有走神。老妈一回家，我不慌不忙地把作业交给了她。老妈检查完了以后，笑眯眯地看着我说："宝贝，今天表现不错，这次没有拖拉了，这才五点半就写完全部作业了，还写得很工整，有进步了，以后可要继续坚持哦。"听着这些表扬，我的心里美滋滋的，暗下决心以后也要雷厉风行，绝不拖拉了。

妈妈说得很对，做任何事情都要一心一意，不能三心二意，绝不能拖拖拉拉。请妈妈放心，我以后一定会改掉拖拉这个坏毛病！

◆ 教师评语 ◆

少年笔下，总写着许多有趣的故事；少年心中，总装着许多美好的想法。这篇短文，像是一叶小舟，盛装着少年的童真、童趣与未来，向着远方进发。小作者的文章，以轻松愉快的语气，向我们娓娓道来，令人回味无穷。

（指导教师：李伟伟）

我的自画像

田　一　11岁

我就是我。我自信，我快乐！

在这个世界上没有两片一模一样的叶子，也没有两个一模一样的人，所以我是独一无二的。我有一头乌黑晶亮的头发；两条浓浓的眉毛下镶着两颗宝石般的眼睛；高高的鼻梁下嵌着一张红红的小嘴，像涂了口红似的；一口整齐的小白牙，让整张脸精致无比。

我有春天的温柔，夏天的奔放，秋天的成熟，冬天的冷静。

我组织有序、指挥有方。在宿舍，我把宿舍管理得井井有条；在班级，我保质保量完成老师安排的任务。老师和同学都很喜欢我。

我就是我，我不怕苦、不怕累。在体育课上，我们比赛看谁在炽热的操场上站得最久。比赛开始了，一分钟后有六七个人退出了比赛。又过了几分钟，只有我和小军啦！不一会儿，小军也退出了。我当时脸被晒得生疼，但心里默默地告诉自己要坚持，最后我以11分8秒的成绩获得了本次比赛的胜利。

每次去农场一亩地参加劳动，我都会坚持一直劳动到底，直到把我们的一亩地打扮得漂漂亮亮的。

我动作敏捷、行动迅速。在一次短跑比赛中，当发令枪一响，我就像子弹一样飞了出去，最后在10秒的时候以闪电般的速度冲到终点，赢得了冠军。

我就是我，一个独一无二的我。

我就是我，不一样的少年，加油！

◆ 教师评语 ◆

从这篇文章，读出了少年的“独一无二”，又看到了其优美又流畅的文笔。自信自强的少年，是棒棒的！

（指导教师：王小丽）

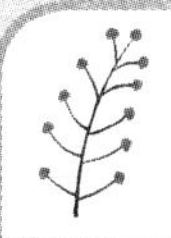

师生剪影

老师·“老虎”·“老顽童”

乔　朗　9岁

我们班的张老师是个“三面人”，课堂上是老师，批评撒谎的同学时是“老虎”，给同学们过生日的时候是个“老顽童”。

老 师

课堂上，张老师在讲台上讲得津津有味，完完全全到了忘我的境界。大家听得也十分认真，似乎只能看到张老师和黑板。可当个别同学脑子跑到九霄云外时，张老师马上就能察觉到，马上紧盯他或者提醒他，直到把他的元神拉回来为止。

“老 虎”

对于那些撒谎的同学，张老师可是用零容忍的态度对待他们！如果你不想听到张老师河东狮吼的话，嘿嘿，那就请你不要在张老师面前撒谎！

“老顽童”

有一次，给同学过生日，刚打开蛋糕盒，大家还没回过神来，就听到一连串“哇哇哇哇”的惊喜声，逗得全班同学哄堂大笑，定睛一看，原来是张老师！看着她开心的样子，教室里的气氛马上活跃了起来！接着，她请小寿星点燃生日蜡烛，“噼里啪啦”一阵烟花照亮了教室，张老师也像个孩子似的堵住耳朵哈哈大笑。分蛋糕的时候，张老师的手碰到了奶油，她便伸出舌头美美地舔了舔手指，那个样子真像只小馋猫，太可爱了！

总之，我们三（6）班的同学们又怕又爱又离不开她。因为有她，我们的校园生活就变得有趣多了……

◆ 教师评语 ◆

本文结构独特，叙事生动、具体，趣味性强，最后，作者用“又怕又爱又离不开”的寥寥数语，表达出了自己对老师的至深情感，令人感动和羡慕。

（指导教师：张明）

我心中的老师

张艺涵　9岁

老师是那辛勤耕耘的园丁，她用自己的心血和汗水浇灌着我们这些祖国的花朵。我心中的好老师和蔼可亲、知识渊博。

她给予了我许多知识，使我在知识的海洋中快乐地遨游；她给予了我许多关怀，让我感受到学校这个大集体的温暖；她给予了我许多鼓励，让我在前进的道路上碰到困难时可以冷静下来想办法。

她那双亮晶晶的大眼睛，仿佛会说话似的。课堂上，她娓娓动听的声音和那抑扬顿挫的语调特别引人入胜。课余时，她常常在同学中间眉飞色舞地讲动听的故事，让我们有身临其境之感。

每当我们学习退步时，她都用鼓励的眼神代替严厉的训斥，本来以为会挨批评的同学，听到的往往是亲切的安慰和强有力的鼓励。

我刚上一年级时，作文写得不是很好，她就一直给我加油打气，在她的鼓励和指导下，二年级时我已经和其他三名同学一起被称为“写作四大金刚”了。

就是她，为我铺开了写作的道路，为全班同学打开了文学的宝库，我真心想对她说一声：“张老师，您辛苦了，谢谢您！”

◆ 教师评语 ◆

文章语言清新活泼，能抓住人物的主要特征进行描写，篇幅短小精悍，值得一读。

（指导教师：张明）

我的老师

郭宸瑜　9岁

我今年刚刚九岁，一晃进入美丽的艾瑞德读书已经快三年了，这三年来我经历了十几位老师。这些老师虽然年龄不同、学科不同，但有一点是相同的，那就是对我都有满满的爱心和无限的耐心，每一位老师都和我建立了深厚的感情。其中，我最喜欢的是亲爱的张老师。

记得一年级刚入学时，我小小年纪离开爸爸妈妈开始住校生活，虽然没有哭哭啼啼，但对陌生的环境心里也十分害怕。当时一进教室，我就见到了张老师，她给我留下了深刻的印象。她总是梳着高马尾，大大的脸盘上一双水汪汪的大眼睛忽闪忽闪地，像能随时看透人心思似的。她的皮肤很白静，鼻子和嘴巴也很小巧。在我眼中，张老师一直很瘦，但却有着旺盛的精力，她每天脸上都挂着笑容，对待每个学生都很有耐心。刚上一年级的我们都很脆弱，总想哭鼻子，但是张老师都能耐心地对待我们这些小不点儿，大家都很喜欢她。她教我们语文课也教得很认真，一天不落地跟着我们，看着我们从一年级到三年级，从小不点儿到一个个优秀的少先队员。虽然我已经长大了三岁，可在我眼里，她却像没有任何变化，依然那么年轻漂亮。

如今，艾瑞德已经成了我另一个家，这里有我亲爱的老师和同学，有和蔼可亲的李校长，有可爱的白鸽，这一切都记录着我每日的欢笑和成长。以后我还会遇到更多的老师，也会有更多让我难以忘怀的老师出现，老师是个神圣的职业，我从心里热爱我的老师。

◆ 教师评语 ◆

习作语言流畅，刻画了一位既美丽又暖心的老师形象。从语言文字里，能够让读者看到一幅师生关系和谐的美好画面。此文写得生动活泼，点个赞吧！

（指导教师：张亚楠）

我的老师

曹峻领　9岁

我们的班主任叫王冰，她很善良，脸圆圆的很可爱，讲课也十分有趣，我们班的同学都很喜欢她。

上课时，她一边讲着课文，一边微笑着向同学提些问题，调动大家的专注力，以免一些同学分心而不认真听讲。快要下课时，王老师会让大家听写单词和句子，她常说："光说不练假把式。"

下课后，王老师大多时间就在教室里用心地给我们批改作业，有时会和大家一起去操场上玩儿，和我们做游戏、聊天。有王老师在的地方欢乐也多。

在一年级的时候，王老师发现了我英语学习的天赋，鼓励我多阅读、多写故事，还根据我的学习情况给妈妈提了很多学习上的建议，有了王老师的建议及指导，也就有了我人生中的第一本故事书，感谢王老师给予的肯定与关爱，让我在学习的道路上倍感自信。

王老师就像个仙女，给我们在学习和生活中带来了快乐和幸福。

我爱我们的王老师，希望永远做王老师的学生。

◆ 教师评语 ◆

作文结构完整，语言优美、流畅，生动地写出了王老师对学生的关爱，也让读者从文字中感受到学生对老师的敬意。

（指导教师：张亚楠）

我的班主任

杨晶伊　9岁

我有一个好老师，他是我们的数学老师，也是我们的班主任。他就是刘磊老师。

刘老师留着乌黑的寸发，偶尔我们也会看到他头上的几根白发，额头前面有一个小尖儿向上翘。他弯弯的眉毛下面有一双明亮的大眼睛，黑黑的眼珠像两颗黑宝石。他的鼻孔两边鼓鼓的，还有一张特别爱笑的嘴，每次笑的时候都会露出白白的牙齿。刘老师中等个儿，还有点儿胖，为人和善、对人和蔼，同学们都很喜欢他。

刘老师多数时间很严肃认真，有时开心起来也像个孩子。记得有一次，

吃完晚饭，刘老师带着我们到操场上玩耍。我们在一起玩了“数青蛙”的游戏。刘老师详细地给我们讲解了游戏规则，游戏开始后，同学们围成一个圆圈，刘老师在中间转圈，然后同学们说：“停！”刘老师的手指指到谁，谁就是第一只青蛙，刘老师说：“一只青蛙。”第一个同学就蹲下，然后还得学青蛙叫一声“呱”。刘老师继续说：“两只青蛙。”再往后面数两名同学就蹲下，再学青蛙叫“呱呱”……一直到有人出错为止，把出错的同学淘汰，然后就重新开始下一局。我们就这样玩了一局又一局，同学们都十分开心。晚自习的铃声敲响了，我们才陆续排队回到教室。在路上刘老师告诉我们，只要保持安静，认真听老师讲课，表现好的话，下次还带我们出来玩儿。回到教室我们都非常听话。刘老师给我们讲数学题时，我们都听得津津有味。

这就是我的班主任——刘老师，我和同学们都很喜欢他。

◆ 教师评语 ◆

这是一篇写人的记叙文。小作者运用充满感情的笔触细致生动地描绘和表现了班主任老师的特点，运用外貌描写、语言描写、动作描写刻画人物形象，读起来逼真自然、生动形象，实为一篇佳作！

（指导教师：孟少丹）

我的老师

李函颖　9 岁

“春蚕到死丝方尽，蜡炬成灰泪始干”，每次读到这首诗，我就会情不自禁地想起我现在的一位老师——孟老师。

三年级第一节语文课上，我第一次见到了孟老师，一双大大的眼睛，像天上的星星一样闪烁着智慧的光芒。她每次都微笑地看着我，眼里充满了慈爱。她的皮肤像雪一样白，经常扎一个马尾，又干净又利索。她说话的声音特别温柔，课讲得细致而生动，经常给我们看一些小动画片、成语故事等来拓展我们的视野。但是，对于课堂上捣乱的孩子，她会立刻收起她的温柔，所以在语文课上捣乱的孩子也越来越少了。

孟老师为了我们的语文学习，费了不少心思。为了锻炼我们的表达能力，让大家利用课前 3 分钟轮流演讲；为了能让我们多多积累语文知识，老师要求我们每天默写 15 个词语；为了提高我们的成绩，让我们自己来选择目标分数和竞争对手。有一次期末模拟考试，老师让我们每人选择自己的小老师或小学生，如果最终超越了自己的目标分数，老师就会自掏腰包给我们小奖励，我选择了小老师，最后也得到了老师的奖励——一袋干脆面！这真是我吃过的最好吃的干脆面了。

孟老师每天都很忙，感觉像个陀螺，备课、上课、改作业等很多事情，忙个不停，我真是很心疼老师，她为我们付出得太多了。我一定要好好学

习，学好语文，这样才对得起孟老师。

老师，您辛苦了，谢谢您！

◆ 教师评语 ◆

本文详细描写了老师的外貌，描写时能抓住人物的主要特征。文章通过具体事例表现人物性格，能看出小作者特别善于观察。文章语言流畅，字里行间流露对老师的喜爱与崇敬之情。

（指导教师：孟少丹）

放飞自我的老师

刘校宇　12 岁

那脸上有笑、眼里有神的樊老师，是我最喜欢的老师。

有一次在课堂上，樊老师点名让小宁同学起立回答问题，可小宁同学一句话也没有回答上来。气得樊老师手舞足蹈地在讲台上比画，但她始终没有说出任何批评小宁的话语。那时的樊老师像极了一个刚出生的小宝宝，很想表达她现在的心情，可就是说不出来，或者说是不愿意说出来。樊老师就是这么一个宁愿自己生气也不会伤害学生的老师。

樊老师在课堂上，有时会逗你开怀大笑，有时也会严肃得让整个教室寂静得可怕。可我无论在什么时候，都特别喜欢她。哪怕她批评我的时候，我也很喜欢。如果你做错事了，樊老师总是会先批评你，然后再换一幅画风，给你讲一些能让你像听故事一样认真倾听的道理。

这就是爱放飞自我的老师，有这样一位老师真好啊！

◆ 教师评语 ◆

“那时的樊老师像极了一个刚出生的小宝宝，很想表达她现在的心情，可就是说不出来，或者说是不愿意说出来。”“可我无论在什么时候，都特别喜欢她。哪怕她批评我的时候，我也很喜欢。”这两句，语言朴实却感情真挚，直接表达出小作者对老师的喜爱与尊崇。

（指导教师：樊婧）

我的老师

宋芜洋　12 岁

老师，多么亲切的称呼啊！有人说，老师是天上最亮的北斗星，为我们指明了前进的方向；有人说，老师是山间最清凉的山泉，用清香的甘露浇灌着我们这些小树苗。在辛勤培育我的老师中，我特别喜欢篮球老师——王老师。

王老师长得特别帅，个子也很高，他大学时参加过CUBA（中国大学生篮球联赛）。我特别爱看王老师灌篮，太酷了，有点像林书豪，我很崇拜王老师。

我虽进入了篮球队，但是上场打球的机会并不多，也引不起老师注意。不过我在家依然很用心地练球，练投篮时看科比打球的精彩瞬间，模仿精准动作。后来，王老师来了，第一节课他问我们："你们会胯下左右拍球吗？"我说："老师，我会！"王老师就叫我给同学们做示范，我的动作很娴熟，王老师看后很满意，还让我和他一起拍了一个标准仰卧起坐的视频，让全校同学来学习。由于王老师的重视，我打篮球越来越有自信了。篮球也给我带来了无限的快乐。

又过了一段时间，到了小学生篮球比赛的日子了，我和王老师一起去看学长们的比赛，虽然我还不能上场，但是每次看到学长们在场上挥洒汗水、奋力奔跑，我的情绪就被调动起来。进球了，我好像比他们还开心，一直呼喊；失误了，我就不说话，但是王老师却在那时耐心地给他们打气加油。就这样，篮球带给我了一个特别的感觉，我也特别崇拜王老师！

◆ 教师评语 ◆

这是一篇写人的记叙文。文章通过对两个典型事例的记叙，折射出王老师对“我”的影响，文章紧扣主题，语言朴实简约。

（指导教师：田芳）

我的拓展课老师

王晨曦　12 岁

我的拓展课老师是“弯弯”老师。她个子并不高，头发染成了棕色，戴着一副眼镜，脸上总是挂着微笑，说话时声音还哑哑的，特别招人喜欢。

她总是开开心心地给我们上课，有时还会给我们讲个笑话、放个电影什么的。只要上她的课，肯定有惊喜。

每个人都有生气的时候，“弯弯”老师也不例外。她平常温柔得像一只小猫咪一样，可当她发起火来，就像大老虎一样，可吓人了！

有一次，有些同学在课堂上交头接耳，结果越说越兴奋，课堂秩序混乱，她见状就发起了火来。她大喊一声，把我们都吓了一跳。她原本哑哑的“小鸭音”变成了一只“鸭妈妈”对外来者嚷嚷的声音。像是她的“蛋”被我们拿走了，要把我们全都痛训一顿。

夏天时，她会给我们买冰激凌。期末了，她给我们一人发了一张奖状，还给我们一人发了一串荔枝和两颗糖。

放假后，我总是想着“弯弯”老师，好想她。

◆ 教师评语 ◆

这篇文章小作者为我们展现了不同性格的“弯弯”老师，将老师的个性特点入木三分地刻画了出来。本文结构完整，表达清晰。

（指导教师：田芳）

爱穿裙子的老师

黑洋子　12 岁

我有这样一位老师，她特别爱穿裙子，不管春、夏、秋、冬，她总是穿着裙子。她就是我们的班主任兼语文老师——孙老师。

孙老师天生一双大大的眼睛，亮晶晶的，看起来像两颗夜明珠；她长着像樱桃般的小嘴，精致的她每天给自己的嘴唇还加点颜色；高高的鼻梁看着像整过容一样，特别立体。孙老师的性格柔中带刚，她生气的时候就像“母老虎”，发起威来地动山摇；她温顺的时候又像“小绵羊”，每天向我们要抱抱，耐心地给我们讲每一个知识点。孙老师非常爱穿裙子，我记得在旗袍节的那天，孙老师穿着一件白色加蕾丝的旗袍，浑身都散发着魅力，实在是太漂亮了。

有一次，冬天的一个早晨，孙老师早早到教室打开空调，我们走进教室的时候教室已经很暖和了。孙老师穿着一袭长裙站在教室门口等我们上早读课，看上去她特别美丽。大家到教室感觉特别暖和，都异口同声地谢谢孙老师为我们开空调。孙老师却笑着说：“我是自己穿裙子冷，才开空调的。”其实我们都知道，孙老师就是刀子嘴豆腐心。她就是担心我们从操场回来冷才提前给我们开的空调，并且她还帮我们每个人的水杯里倒满了热水。

这就是我们的班主任孙老师——我最感激的人。不管我有什么烦心事，

生活上遇到什么困难，她总是能帮我解决。我还多次想告诉她，我特别想叫她一声“妈妈”！

我特别感谢孙老师，想对她说一句：“谢谢您，孙老师，谢谢您陪我们长大。”这就是我爱穿裙子的孙老师，她是我最爱的老师。

◆ 教师评语 ◆

“我不是在最好的时光遇到你，而是遇到你们，才有了这最美好的时光”(《老师，好！》)。这也是老师想对学生们说的。

（指导教师：孙晴）

“双面”刘老师

李　睿　11 岁

在我的小学生涯里，我遇到了许多老师，可令我印象最深刻的老师只有一位，那就是刘老师！刘老师看起来很温和，但认识她的人都知道她是多么的“双面”！

幽默的刘老师

有一次，刘老师在讲《落花生》一课时，问我们："什么果实是挂在枝上的？"我们不约而同地回答："花生！"刚说完，刘老师就笑了，说："刘老师非常期待你们长大以后能用自己的智慧发明一种挂在枝上的花生，让我来开开眼界，好不好呀？"我们听完就像吃了"哈哈豆"一样笑个不停，林恒同学笑得一不留神从凳子上摔了下来，这下同学们笑得更厉害了。刘老师不仅上课风趣，批评人也与众不同。有一次天气很热，一位同学还穿着外套出去，刘老师就紧皱眉头，说："哎哟哟，你那外套是租的呀还是借的呀，这么热的天都还不舍得脱呢？"那位同学低着头笑了，用手捂着不好意思的红脸蛋溜进教室，把外套放在了班里……

严厉的刘老师

刘老师课下喜欢跟我们逗着玩儿，可是面对规则还是很不留情面的。我们第一次写作业，因为没有按时交，就被罚写了两遍作业，我们只能乖乖地写，没有一个同学反驳，因为这是我们的约定，我们说过"今日事今日毕"；如果谁的桌斗不整齐、不干净，刘老师就会严肃处理。有一次一位同学没整理好，刘老师就把他桌子里面的东西全都倒了出来，不看不知道，一看吓一跳，里面简直就是"垃圾站"，这位同学自己看着都不好意思了。虽然刘老师很严厉，但我们很服气，因为我们知道刘老师是为了让我们养成受益终身的好习惯。在刘老师的严格管理下，我们的个人卫生和班级卫生都有了很大改观。

这就是我们又爱又怕的刘老师，她既幽默，又严厉，让我不知不觉爱上了她，我永远也不会忘记她。

◆ 教师评语 ◆

“双面”刘老师，上课很幽默。

习惯严要求，成就好习惯。

润物细无声，扎根我心中。

（指导教师：刘丽丽）

我的闫老师

王子悠然　11 岁

她不是戏剧家，却吸引着我们饥渴的目光；她不是雕塑家，却塑造着我们的灵魂；她不是歌唱家，却让知识的源泉叮咚作响……闫老师，我怎能忘记您！

闫老师有一双黑宝石一样的眼睛，有深度、有内涵，让人捉摸不透。她有一头乌黑的长发，如瀑布般潇洒、豪放。她还有和蔼可亲的笑容，嘴角微微一动，雨后浮云间，彩虹一般的笑容便浮现在我们面前。

闫老师的嘴巴是最有名的，同学们也称她为“机关枪”。有时候大面积扫射，扫得全班同学晕头转向；有时候也会个别瞄准，有一次一位同学的作文没写好，闫老师的“机关枪”就对这位同学实施了“精准打击”。

闫老师有时候也很幽默。有一次，一位同学上课打瞌睡，闫老师“装好子弹”，对我们说：“快来看，这位同学像熊猫一样憨态可掬，大家都仔细观察一下，一会儿好写作文！”同学们的哄堂大笑也叫醒了这位同学，闫老师用这种特殊的方法使这位同学强打起了精神。

闫老师的“机关枪”打起来声音也非常大。记得有一天，她在给我们讲怎么写游戏作文时，还让我们亲身体会，内容生动，有可能是扳机扣得太猛，也有可能是子弹太尖锐，发射的声音传到隔壁班，使我们的“邻居”都“身在曹营心在汉”，就差隔壁老师过来找我们理论了。

这就是闫老师，一位严格又幽默的好老师。虽然因为生二宝回家休产假，我们暂时见不到她，但我的心里一直想念着她。闫老师，谢谢您给予我们的一切！

◆ 教师评语 ◆

外貌描述细，让人印象深。
幽默又严厉，学生爱之深。
动情来描述，感动懂感恩。

（指导教师：刘丽丽）

我的“漫画”老师

董益辰　11 岁

我爱画画，画出来的人有的幽默、有的严厉、有的温柔，今天赵老师来到了我的笔下。

先画她那圆圆的脸，一双炯炯有神的大眼睛，再画微胖的身材，本想按黄金比例美美地把她展现出来，可又怎奈她那五五分的身材，唉！真是难为我了。

赵老师皮肤白皙，眼睛明亮，整天面带灿烂的笑容，走起路来齐肩短发随着矫健的步伐飘呀飘呀，如仙女下凡一样。每次看到她我就会扑过去，她一定会张开双臂给我抱个满怀，然后我们就胳膊挎着胳膊、肩并肩地一起走。在我眼里，她不像老师，像我的妈妈。我喜欢一下课就跑到她的办公室，跟她说说开心事和糟心事。每当此时，她不管有多忙总会放下手里的事情，笑眯眯地倾听着，听完后要么和我一起开心地笑起来，要么耐心地安慰我。

赵老师平时很温柔，但是有时候也会发脾气。当我们听话而认真学习的时候，她就会面带微笑地摸着这个、抱着那个，把每个人都夸一遍，温柔极了；当有男生调皮而闯祸时，她就会严肃地把调皮的学生带到办公室，对他进行一番批评教育。赵老师有洁癖和强迫症，她不能看到地上有一点儿垃圾，更不能看到桌椅歪斜。如果哪一天她发现教室的地上有垃圾、桌椅歪斜，她的脸就会变，平时的圆脸变长了，上一秒还笑容可掬、对我们又抱又亲的她，下一秒就怒目圆睁，嗓音提高几个分贝，吓得我们赶紧收拾。等一切都整理好后，她又马上恢复了笑眯眯的圆脸。我们的心情就像坐过山车一样，一会儿上一会儿下，真是又惊又险啊！

我最喜欢听美丽温柔的赵老师讲课，她那生动有趣的课堂像一块磁铁一样紧紧地吸引着我们，使得我们每个人都聚精会神地投入到课堂中，一起在知识的海洋里遨游。赵老师是每个人心中完美的老师，她善于和家长沟通，家长都很认可她。她既是我们最喜爱的老师，又是一个处处关爱着我们的“妈妈”。她乐于和我们谈心，把我们当成了自己的孩子，凡事做得都很贴心，照顾我们无微不至。赵老师很可爱，她的眼睛清澈，把人和事都往好处想，喜欢所有美好的事物，像小女孩一样纯洁善良。

这就是我们的老师，我们的亲人，我们的“妈妈”。“春蚕到死丝方尽，蜡炬成灰泪始干”，说的就是我们最亲爱的赵老师呀，她认真备课、做课件、改作业，给同学补课从来不嫌麻烦。每天总是早早到校，晚上等我们都睡着了才离开。一分付出一分收获，在赵老师的带领下，我们班安安全全的，每次考试的成绩都很好，她赢得了家长的信赖、同学的尊敬。

这样的好老师、好“妈妈”，我们没有理由不爱她啊！

◆ 教师评语 ◆

小作者通过一些日常生活琐事，写出了对老师的尊敬和无限的爱，感情真挚，让人看了很感动，老师喜欢有爱心、知恩感恩的孩子。

（指导教师：赵首梅）

猜猜她是谁

李佳迅　9岁

她的眼睛大大的，头发乌黑发亮，鼻子高高的，有着俏皮的樱桃小嘴；她有一双圆圆的小耳朵，眉毛弯弯的，非常可爱。

她很大方。有一次，我们一起出去玩。那一天，天气非常热，我和妈妈在比赛打篮球，我把所有水都喝完了，还是很渴。她就把她喜欢喝的一瓶奶给我喝了，我觉得她对我特别好。

她非常善良。有一次，我有一道数学题不会做，我问了问旁边人，他们只给我说答案，也不给我讲这道题是什么意思。只有她耐心地给我讲了这道题的意思，还问我听懂了没有。真是个贴心的“小老师”呀！

她非常喜欢拉丁舞。有好几天，她回到宿舍，都会表演星期六在课外班学到的东西。我问她累不累，她微笑着对我说：“做自己喜欢的事情，是非常享受的，一点儿也不累。”

她就是我的好朋友，你能猜出她是谁吗？

◆ 教师评语 ◆

小作者从人物的外貌、性格、品质、爱好等方面介绍这位好朋友，通过细腻的描述使读者能够比较立体地了解她。语句通顺，段落清晰，字里行间表现出对她的喜爱。

（指导教师：黄俊）

同桌的美

冯笑笑　12 岁

我的同桌是王子轩，他是一个小胖子，不过挺可爱的，他美好的品质有很多。

他爱帮助人，助人为乐是他的常态。

那天，也许是我最糟糕的一天。我心爱的钢笔丢了，心急如焚，他看到了便问："怎么了？"我哭丧着脸说："我的钢笔丢了。""那我帮你找吧。"

我毫不犹豫地说："好，谢谢你哟。"说的时候其实我没有对他抱太大希望。

过了一会儿，他扭动着胖乎乎的身体跑过来问："是不是这支？"我惊喜地答："是的，是的，这是我的钢笔，太谢谢你了。"

真是不可思议，平时看他经常咧着嘴傻笑，没想到他竟然如此细心。

但有时候他又很烦人，不爱收拾东西，书本纸屑掉得满地都是，书包也总是掉地上，总之是一片混乱。对于我这么爱整洁的人，真是看不惯他的行为。但我们是同桌、是同学，同学是什么呢？同学是要善于发现他人的美，包容他人的缺点。

乐于助人就是他的美。

我为有一个这样的同桌而倍感骄傲。

◆ 教师评语 ◆

每个人心中都有魔鬼和天使，都有优缺点。容纳别人的缺点，帮助别人成长，何尝不是对自我的成长呢？

（指导教师：刘晓娜）

第二章

浪花朵朵

行走远方

安阳研学之旅

谢豫萱　12 岁

今天早晨我们开心地坐上了大巴，三天的安阳研学之旅就要开始了。

第一天，我们先去了中国文字博物馆。甲骨文最早是在安阳被发现的，博物馆就建在了这里。甲骨文的“上”和“下”都是两横，“下”是上横长、下横短，“上”和“下”正好相反。这些知识都是博物馆的讲解员告诉我们的。除了甲骨文，我们还认识了金文、小篆、大篆……

第二天，我们去了岳飞庙。在那里我们读了《满江红》：“怒发冲冠，凭栏处、潇潇雨歇。抬望眼、仰天长啸，壮怀激烈。三十功名尘与土，八千里路云和月。莫等闲、白了少年头，空悲切。靖康耻，犹未雪。臣子恨，何时灭。驾长车，踏破贺兰山缺。壮志饥餐胡虏肉，笑谈渴饮匈奴血。待从头、收拾旧山河，朝天阙。”“莫等闲、白了少年头”，我一定认真学习，不辜负好时光。最后我们去了羑里城，羑里城的“羑”很像“麦”字，千万不要读错哦！在羑里城我们走了八卦阵、迷宫，听导游说这里以前是个监狱。

第三天，我们来到了著名的红旗渠，在这里我真切感受到了“愚公移山”精神。红旗渠是一条真正的人工河，是当地人民自力更生、艰苦创业的精神象征。人们克服重重困难，历时十多年才在太行山的悬崖绝壁上开凿出了这条渠。在红旗渠开凿之前，这里严重缺水，吃水要到很远的地方去挑。后来为了解决用水的问题，当地人决定开凿一条渠把水引过来。在红旗渠修建过程中，他们遇到了很多困难，但是都没有把他们难倒，最终开凿了著名的红旗渠。

下午，我们去体验推小车、抬石头，这些都需要很多人一起合作才能完成，这让我们感受到了通力合作的重要性。活动时我仿佛回到了开凿红旗渠的年代，仿佛看到了那热火朝天的劳作场面……

三天的研学活动中，我们还经历了一件特别的事情——张艺淏过生日。在他的生日会上，我们一起唱歌、送祝福，给他过生日也好像给我们自己过生日，大家感觉自己都长大了一岁。

安阳研学之旅让我们学到了很多知识，懂得了很多道理，这可是我们在课堂上学不到的哦。

◆ 教师评语 ◆

读万卷书，行万里路。小作者从研学中不仅学到了知识，开阔了眼界，还收获了别样的体验。这篇游记详略得当，重点突出，读来有身临其境之感。

（指导教师：樊婧）

一次难忘的洛阳研学

潘然林　10 岁

周三，学校组织四年级同学进行“六个一”之“访过一座城”古都研学。我们早早起床，收拾好行李物品后，在校门口集合，准备出发去洛阳，走之前老师反复提醒我们一切活动要听从指挥。

坐在大巴上，我们有说有笑，对这次研学充满期待。转眼间我们到了第一站——二里头遗址博物馆。二里头遗址为夏王朝中晚期都城，博物馆总建筑面积大约 3.2 万平方米。遗址博物馆建筑很特殊，里面现存有大量的石器、陶器、玉器和铜器，丰富多彩，让我们赞叹不已。令我印象最深刻的是绿松石龙形器，它是镇馆之宝，在早期龙形象文物中十分罕见。

第二天，我们来到了龙门石窟。这是世界上造像最多、规模最大的石刻艺术宝库，现为世界文化遗产，是国家 5A 级旅游景区，河南省的旅游名片。龙门石窟密布于伊水河东西两山的峭壁上，南北长达一公里，现存洞窟像龛 2345 个，造像 11 万尊。它与敦煌莫高窟、山西云冈石窟、甘肃麦积山石窟并称“中国四大石窟”。龙门石窟雕刻技艺精湛，内容丰富多彩，人物活灵活现，尤其是武则天根据自己的容貌仪态派人雕刻的卢舍那大佛，体态高大，双目微睁，颇有神采。

白天我们在龙门石窟合了影，还亲身体验如何制作唐三彩，画了明堂和天堂。晚上的活动也很丰富，我们在吃了洛阳著名的水席宴后，各班表演了精彩纷呈的节目。

这次研学让我收获满满，不仅学到了知识，还体验到了华夏文明的璀璨。读万卷书，不如行万里路，希望更多的人来洛阳这座文明古都走一走，看一看。

◆ 教师评语 ◆

小作者在研学中特别留心，观察仔细，学习认真。去了一次洛阳，就把洛阳最美好的事物都记在心里，写在笔下，昭示他人。望这样的研学能在学生心中留下美好的印记，伴随茁壮成长。

（指导教师：杜静）

遇见洛阳

吴忠岳　10 岁

“若问古今兴废事，请君只看洛阳城。”有人说，如果想要了解五千年的中国，就必须要去洛阳看一看。我们今年的研学之旅来到了千年帝都——洛阳，我格外期待。

那天，我破天荒早上5点多就醒了。天空像打翻的黑墨水似的漆黑一片，还下着细雨。匆匆忙忙洗漱吃饭后，我就出发去学校集合。大家欢欢喜喜地坐上大巴，美妙的旅程开始了。

我们第一站来到了二里头遗址博物馆。同学们排着队，像一条长龙似的进入博物馆。我们先到第三展馆，这里主要介绍了绿松石。绿松石看起来像绿宝石，神秘十足，其实就是青铜片。然后，我们来到了镇馆之宝最多的第二展馆。在这里，我们看到了迄今为止我国考古发现最早的青铜鼎——网格纹青铜鼎，还看到了工艺精巧的镶嵌绿松石兽面纹铜牌饰。一件件文物散发的历史厚重感，让我忍不住驻足。

下午，我们去了定鼎门。它以前叫建国门，后来因为李世民攻下洛阳后认为自己定鼎中原了，所以此门改名为定鼎门。由于定鼎门是隋唐洛阳城南北主干道上最南边的城门，所以它是隋唐洛阳城的正南门。收获满满的知识后，我们又化身文物修复员去修复文物。我们了解到修复文物不仅是粘接，还要上色。我们修复了两匹三彩马，一个需要粘接，一个需要上色。粘接相对比较简单，但是上色要难一些。因为初始颜料只有红与棕，所以我和小秦决定涂一匹赤兔马，经过我们的一番操作后，一匹栩栩如生的赤兔马就诞生了。我们相视一笑，欣喜不已。

接下来我们还去了中国四大石窟之一的洛阳龙门石窟，也亲手制作了三彩手工艺术品，还走进了明堂、天堂，感受隋唐风韵，最后登上了天下第一门——“应天门”，来结束愉快的洛阳之旅。

俗话说“读万卷书，行万里路”。这次古都研学，我不仅玩得不亦乐乎，还增长了很多知识。很是期待着下一次研学。

◆ 教师评语 ◆

文章开篇点题，一句古诗勾起了读者对洛阳古都浓厚的兴趣。写作思路清晰，详略得当，信手拈来的优美词句，让文章更为生动形象。谈起人文历史总是文思泉涌，不愧是咱班的“活历史，真学霸”！

（指导教师：程艳芳）

洛阳研学记

王瀚宇　10 岁

2020 年 10 月 18 日早上，天刚蒙蒙亮，我们四年级全体师生在一楼的“芝麻街”广场准备就绪，李校长亲自给我们讲话送行，李丹阳老师让我们合唱《少年行》，我们在欢快的歌声中排队登上大巴，此时我好激动啊！

我们坐的是一号车，导师是周浩老师。周老师在车上把研学手册发给我们，先让我们了解洛阳，又给我们讲了一些知识，然后进行有奖问答。我们一路上有说有笑，大巴平稳快速地在高速上疾驰，转眼就到了洛阳。

我们到达的第一站是洛阳偃师县的二里头遗址博物馆。这里有上百件陶器，镇馆之宝之一的乳钉纹青铜爵。另外，白陶斗笠形器、骨猴、铜圆形器、夏七孔玉刀，绿松石龙形器、镶嵌绿松石兽面纹铜牌饰、龙形牙璋、网格纹青铜鼎……都给我留下了深刻的印象。老师还讲了在商周礼制中，通常在祭祀和宴飨时，天子用九鼎八簋，诸侯用七鼎九簋，大夫用五鼎四簋，元士用三鼎二簋，“国之大事，在祀与戎”。古代的历史和文化真是博大精深。

下午我们去了“定鼎门”。定鼎门是隋唐洛阳城外郭城的正南门，始建于公元605年，隋称“建国门”，期间有多次修缮，直至北宋末年才逐渐被废弃。周老师告诉我们洛阳铲是一个外号叫“李鸭子”的人发明的，后来被人逐渐改进，最早广泛用于盗墓，后成为考古学工具，是中国考古钻探工具的象征。

紧接着我们去了“龙门石窟”，龙门石窟开凿于北魏时期，是世界上造像最多、规模最大的石刻艺术宝库，是中国石窟艺术的“里程碑”。龙门石窟最大的佛像是“卢舍那大佛”，从远处看，佛像富态而端庄，令人敬而不惧。石窟建造已有1000多年，历经十几个朝代，可见龙门石窟历史悠久，非常坚固，令我们后人佩服不已。后来我们全体师生在石窟古迹前合影留念，恋恋不舍地离开了。

提到唐三彩，人们脑海中往往会浮现出古朴厚重的陶器，其实唐三彩的造型丰富多彩，一般可以分为三类：第一类是动物，以马为主，在我国古代马是重要的交通工具之一，战场、农民耕田、交通运输等都需要马。所以唐三彩出土的马比较多；第二类是人物，以宫廷侍女居多；第三类是生活用具。我们现场动手体验了怎么绘制唐三彩及如何修复文物。有玩有学，真是寓教于乐的开心研学！

第三天要去的是明堂和天堂。在1300多年前，中国历史上唯一的正统女皇武则天登基称帝，改国号为周，建立了武周政权，号“武曌”，定都于洛阳，称为“神都”。天堂高大雄伟，蔚为壮观，形似北京的天坛。大堂里面富丽堂皇，从下到上分为几层，每层都有不同的用途。我们现场观看了模拟古代场景的演出，见到了“武则天”，歌舞升平，阵势浩大。导游老师又给我们讲解坐落于洛阳的永宁寺。

下午我们参观了“应天门”。应天门是当时朝廷举行重大国事庆典与外交活动的场所，它是一座由门楼、垛楼和东西阙楼及其相互之间的廊庑组成的“门”字形巨大建筑群。这座恢宏的城楼差不多有现今的十二三层楼高，比北京天安门还高。

经过三天的参观学习，我们收获颇丰，知道了中国第一个朝代夏朝始于洛阳，《史书》上虽记载过，但没有实物证明，直至1959年徐旭生先生在偃师发现了二里头遗址才有了实物证明。定鼎门使我们了解到丝绸之路和大运河对洛阳乃至对全中国的影响；龙门石窟让我们学习了保护、爱护文物；唐三彩、应天门、天堂、明堂等，让我们知道了古城洛阳历史文化辉煌久远。

三天的研学结束前，有一个值得回味的是我们品尝了洛阳水席，最著名的一道菜叫洛阳牡丹燕菜，你猜是用什么做成的呢？上面用煎的鸡蛋饼雕刻出一朵美丽的牡丹花，下面覆盖的是美味无比的萝卜丝。这道菜原材料极为简单，但是厨师把它做成了有汤有水的美味佳肴，有一个词叫“秀色可餐”，或许就是其真实写照吧。在研学期间，我们还吃到了的洛阳粉浆面条、丸子汤、锅贴等小吃。这真是太令人开心了！

我喜欢这次研学旅行，有学有玩，还有很多收获，读万卷书，行万里路，以天地为课堂，引山水入胸膛，期待着下次的研学活动。

◆ 教师评语 ◆

这篇研学日记弥补了杜老师没有一同去洛阳的遗憾。此次研学之旅，既饱览洛阳的名山大川，又跟师生一起度过了美好时光，还品味了不胜枚举的美味佳肴。读了这篇日记，真有“不虚此行”之感啊！

（指导教师：杜静）

难忘的研学之旅

李思辰　10 岁

喜欢赖床的我，今天起了个大早，开始收拾东西。“白日放歌须纵酒，青春作伴好还乡，即从巴峡穿巫峡，便下襄阳向洛阳。”杜甫的这首诗正好表达了我和朝夕相处的同学一起研学的迫切心情，此次我们的目的地也正是古都洛阳。

怀着迫不及待的心情，我先到学校与同学会合，一首《少年行》拉开了洛阳之旅的帷幕。亲爱的李校长来为我们壮行，在他心里有担心、有欣慰，也有遗憾。担心的是这么多孩子出行的安全，欣慰的是这些孩子逐渐长大，遗憾的是不能同行，李校长挥着手目送我们。大巴出发了，可能是因为心情过于激动，两小时的车程转眼间就到了。

第一站参观的二里头遗址博物馆，便让我大开眼界。我好像回到了过去，见证着历史兴衰。博物馆里的每一件东西都让我移不开眼睛，我感叹古人聪慧的同时，又为能成为其后人而自豪。最让我印记深刻的是一把玉刀，刀背处有等距且排成一条直线的七个圆孔，它叫“夏七孔玉刀”。

参观完二里头遗址博物馆，已经是中午了，我们便去犒赏饥肠辘辘的肚子。然后我们出发去定鼎门。定鼎门雄伟壮观，我站在那儿显得很渺小，只有几块砖那么高。定鼎门有三道门，古时候，中间的门只有皇帝能走，左右两道门，是给百姓和皇宫里的人走的。然后我们来到二楼修复文物，我们分为粘接和上色来修复两匹马，一部分同学负责给马上色，另一部分同学负责把马和底座粘起来。我负责的是上色，刚拿起画笔，老师就叫我去拍照。等拍照回来，同学小盛已经把马涂成了绿色，我心想哪有绿色的马呢？但事已至此，我们只能将错就错把马整个涂成了绿色。不过看起来还不错，就当给马做了个全身换色吧。

开心地完成了任务，接下来就是我最喜欢的吃饭。我们吃的是洛阳的水席。水席，顾名思义，主要就是汤多，喝了一肚子暖暖的汤，很是舒服。喝是喝饱了，但是我觉得要不了一会儿肯定会饿。果不其然，刚到酒店，我的肚子就咕噜噜叫起来。突然，我灵机一动，房间有零食呀，于是我开心地吃着零食。这时候小盛同学说："别光顾着吃了，快来写一写今天的感受。"我拿起纸笔，记叙着今天的经历与感受。

时间在悄悄地走着，虽然我们已经洗漱完毕躺在床上了，但是心还是飘了出去。时间过得真快呀，我还有好多地方没有参观呢……我很喜欢洛阳，如果不是因为我还小，还要上学，我想一直留在洛阳。当然啦！这次研学活动是我难以忘怀的记忆。

◆ 教师评语 ◆

文章开篇引用杜甫的诗句来表达自己前往洛阳的迫切心情，全文思路清晰、语言轻快明朗。从此文里，真切地读出了学生研学所收获的知识和快乐。洛阳研学，不虚此行！

（指导教师：程艳芳）

古都游玩记

张展瑞　10 岁

我去过闷热潮湿的云南，去过人流如潮的北京，去过料峭寒春的青海，但最令我难忘的还是这次洛阳的古都研学之旅。

今天，我一早就起床了，掀开被子，伸个懒腰，迷迷糊糊地瞅了瞅手表又躺了下去，偷偷地笑了一声，然后把衣服穿上，洗脸、刷牙，把箱子拉好，时刻准备出发。

我们上了车，拿起书一直到了二里头，才兴奋地放下。

到了二里头遗址博物馆，我们迎来了最不情愿的事——分队。“为什么分我们？”我们小声地抱怨起来，“每次都分我们。”“怎么又分我们？”唉！进了二里头遗址博物馆，我们见了很多稀有的文物，有夏七孔玉刀、青铜鼎、甲骨文碑等。研学途中，我们还做了一件有意思的事情——做小鼎，一人一块泥，分别切成几个小块，再将泥压成砖块状，最后把几个小块拼起来，一个小鼎的雏形就出来了，再揉出一条条小脚，一个小鼎就做好了，最后添上一些花纹，真是锦上添花，我的小鼎更好看了！

大家应该都知道著名的洛阳水席吧，我们今天中午吃的正是洛阳水席。水席，顾名思义，便是所有食物都带汤水，其中最为知名的是牡丹燕菜，果然，我吃了一口，顿觉神清气爽。吃完饭我们还欣赏了优美的舞蹈和美妙的音乐，然后坐车向龙门石窟驶去。

下午一点左右，我们到达了被称为“中国石刻艺术的最高峰”——龙门石窟。在那里，我认识了许多洞窟，最美最小的莲花洞，最萌的宾阳北洞……

不知不觉便到了星期五，既漫长又短暂的三天即将过去，我们来到最后一个目的地——洛阳三彩文化基地。在这里，我们见到了一种神奇而又危险的矿物质“铀”，它既能变成坚硬而防烧的固体，又能变成柔软而橙红的液体，烧制后还能变成五颜六色的图案，艳丽无比。

想到要回家的我，有点垂头丧气，恋恋不舍地坐上车。开心而颇有意义的旅行就这么结束了，我今后要多参加一些这样有益的研学活动。

◆ 教师评语 ◆

这次的研学不仅让学生们有所获得，也让我有机会看到大家不同于学校生活的另一面。那么有趣又博学的学生们，也让我不禁心生感慨：长江后浪推前浪！

（指导教师：任炎敏）

洛阳研学

洪依贝　10 岁

今天是去洛阳研学的第一天。早上，我六点就起床收拾东西，准备出发。好期待呀！终于可以和同学们一起去洛阳了。到了学校，我们和校长、老师们告别之后，就跟着导游老师上了大巴。

一路上，我们一起唱歌、聊天，吃东西，到处充满欢声笑语，不亦乐乎！当我们的瞌睡劲儿上来的时候，导游老师发话了：“同学们，你们知道洛阳是几朝古都吗？”“知道，知道，是十二朝古都。”有人抢答道。“才怪，是十三朝古都。”有人反对道。“好了好了，同学们，公布答案，是十三朝古都，后答的那位同学答对了！”在导游老师的问题中，我们了解了很多关于洛阳的历史故事。

大约过了两个小时，我们来到了二里头遗址博物馆，这个博物馆是夏都的遗址，是 1959 年徐旭生发现后挖掘出来的。博物馆里收藏了一些珍贵的文物，最受同学们喜欢的是夏七孔玉刀。夏七孔玉刀上面有七个小孔，显得很美观。可是，我最喜欢的是古代人用来喝酒的酒盏，酒盏的外壁上面雕刻着精美的花纹。

吃完美味的中午饭，我们去了定鼎门。在定鼎门的一个城楼上，我们了解到文物如果残缺了，有商业性修复和展览性修复两种方式。商业性修复的成品是要用于售卖的，所以不能出现裂缝；展览性修复则不用把文物修得完完整整，可以留点残缺。我们开始动手修复瓷马了。首先把断开的地方的灰尘用小刷子扫走，接着把位置拼对，然后戴上手套开始粘接，最后就呈现出一匹完好无损的马。

晚上，我们回了酒店，开始整理行李，顺便把明天要带的东西装进书包。整理完了之后，我们闲聊了一会儿就睡觉了，期待明天新的旅程。

第二天上午，我们去了龙门石窟。那里有好多洞窟，有些同学发现大多数佛像都没有头，就问老师："老师，为什么这里的佛像好多都没有头？"老师解释道："龙门石窟中有75%的佛像没有头。因为在古代，有人觉得当兵和种地太累了，都跑来当和尚，皇帝看见提供粮食的百姓和守卫疆土的士兵越来越少，就让人把佛像摧毁了。因为佛像太多了，一个一个地摧毁太麻烦了，就只把佛像头砍了，所以我们现在看到的佛像大多都是没有头的。"我们在卢舍那佛祖面前拍了照片，就快到时间了，好舍不得离开这儿啊！

下午，我们去看洛阳三彩。生产洛阳三彩的地方，是一个小庭院，那里环境很美，郭沙沙老师带我们参观了每一个车间，有塑形的车间，有上色的车间，还有烘烤的车间。郭老师带我们去了展厅，那里摆放着许多小茶杯和盘子，都是他们自己做的。老师还带着我们去看小视频，在视频中我们看到了陶瓷在上色时都是橙色的，可烘烤出来却是五颜六色的。接下来，老师带我们去亲手体验上色，我负责的是给老虎盘子上色，太有意思了！

到了最后一天，我们去了天堂、明堂，和"武则天"合了影。老师还带我们看了小短片，从小短片中我们了解了关于武则天的一些历史。下午，我们又坐大巴回了郑州。

洛阳研学之旅，让我身临其境认识了一座文化底蕴深厚的文化古城。下次我和爸爸妈妈一起去洛阳，我可以当小导游啦。

◆ 教师评语 ◆

小作者用平实的语言记述了洛阳研学三天的收获。语言通顺流畅，带领读者认识了这座具有深厚文化底蕴的古城——洛阳。

（指导教师：赵亚琼）

成长的记忆

于　臻　10岁

俗话说“读万卷书，不如行万里路”。四年级的学习生活虽然很紧张，但学校依然安排了洛阳古都研学之行。这一次研学之旅，我们不仅玩得很开心，还增了知识长了见识。最让我记忆犹新的是研学归来的汇报演出，让我有了更大的收获。

这次研学汇报演出，我们班的表演主题是“丝绸之路”，分为三个部分：丝绸、茶叶和瓷器。编排节目的时候，老师要为这三个部分找解说员，以前遇到这样的事情，一向不是很积极的我肯定是敬而远之，可是这次却不一样，我破天荒主动地把手高高地举了起来，连老师也觉得很惊奇，直接对我说：“那就你来吧！”

可当我拿到讲解稿时，就萌生了放弃的念头，因为这讲解稿也太长了吧。我平时背课文就慢，可别因为我背不下来稿子影响了班级的演出啊。越想越胆怯，正当我犹豫着要不要跟老师说放弃的时候，心里响起了另外一个声音：每当遇见困难想要放弃的时候，告诉自己，可以再试一试。

既然下了这个决心，我就开始抓紧一切时间背稿子，在课间、午休，甚至周末时间努力地记忆每一句话。背熟了稿子，我又开始对着镜子反复练习表情和肢体动作。功夫不负有心人，很快我就可以熟练自如地背诵下来了，这时的我对演出满怀期待。

期末考试后，终于到了演出的时刻。即使讲解稿已经背得滚瓜烂熟，到了临上台的时候，我也依然非常紧张，手心不住地冒汗，怀里像揣了只小兔子一样怦怦乱跳，连上台时迈出的步子都很生硬。站在舞台上，我环视了一下身边同样紧张的同学，目光交汇处我们相视一笑，我深吸一口气又缓缓吐出。当音乐响起时，我开始了自己的解说：“中国是茶的故乡，也是茶文化的发源地，中国茶的发现和利用已有四五千年的历史，且长盛不衰。直到今天，世界范围内的爱茶之人仍然享用着这种美妙……”伴随着热烈的掌声，我们的演出完毕，我迈着轻松愉快的步伐走下舞台，心里紧张的石头总算落了地。

这次汇报演出，我觉得自己不仅参与了，而且成长了。这次的经历让我懂得了：只要努力就一定会有收获，成长的路上遇见困难时，不要轻易放弃，要告诉自己，可以再试一试。我理解到了学校安排研学和汇报演出的良苦用心，明白了为什么学校一直坚持“以天地为课堂，引山水入胸膛”。因为唯有观世界，才会有世界观。

◆ 教师评语 ◆

一次研学之旅，让小作者学到了很多知识，也留下了难忘的成长之旅。文章中，小作者重点描写了汇报演出的准备细节，让我们感受到了小作者的认真与用心。文尾“因为唯有观世界，才会有世界观”，极富哲理，显见抱负！

（指导教师：赵亚琼）

不虚洛阳行

闫崇德　10 岁

从一千多年前的大唐盛世到今天的洛阳城，这座城市见证着一个又一个奇迹。生生不息的凤凰城，见证了唯一的正统女皇帝的风采。这座城是女皇帝的想象，也是隋唐两朝每一位皇帝的愿景。

就在今天，我们去了武则天主持修建的明堂，可惜时间不够，我们没去天堂。这座传奇的明堂，不仅见证了女皇帝的内心，也突出了当时社会的兴盛。这是一座举世无双的明堂。而在明堂的南面，也有一个穿越历史的城门——应天门。

现今的应天门看似雄伟，其实唐朝的应天门比现在的更大、更雄伟。在洛阳城中轴线上的这道门必将散发出它更加璀璨的光芒。这座洛阳城中有着很多穿越时空的文化遗产，它们在不断地“活动”着，生生不息、坚不可摧，而我们已去参观的龙门石窟同样是穿越时空的文化遗产……

从古至今的洛阳城，是一个传奇。司马光曾有诗句：“若问古今兴废事，请君只看洛阳城。”欢迎大家到洛阳一睹它的风采。

◆ 教师评语 ◆

小作者的文章中，饱含了对于洛阳这座古城的感情，老师也从文字中感受到了学生们对于历史的了解和真实感受。这次研学活动，我觉得带给学生们的不仅仅是一次文化之旅，也是对于洛阳历史文明的升华。

（指导教师：闫晨）

成长足迹

开心的一天

肖钰霖　7 岁

今天上午天气真好，早上我六点就起床了，吃饭后的学习是我每天必打的卡。下午姐姐来我家，我很开心，和姐姐一起玩“过家家”，我们俩一起给自己的娃娃做了很多的装扮。这一天过得真快乐、真充实。

◆ 教师评语 ◆

坚持好的学习习惯一定会给你带来不一样的结果，和姐姐玩“过家家”的记录，让老师感受到小朋友是一个心中有爱的孩子。

（指导教师：石莎莎）

开心的一天

李朱娣　7 岁

今天起床，看到阳光洒满校园，我们开启了晨跑，我感到很开心。

上午我们上语文课，我觉得很有趣，因为猜字谜太好玩了，我听得特别认真，觉得一节课的时间过得太快了。

下午有我喜欢的英语课，英语老师表扬了我，还给我发表扬信，我觉得更美好了。

今天还有科学课和数学课，我都非常喜欢。

今天真是开心的一天啊！

◆ 教师评语 ◆

能够感受到校园生活的美好，并用流畅的语言表达出来，相信小朋友在知识的海洋里收获更多。

（指导教师：权佳）

愉快的周末

李瑞祺 7岁

今天早晨，我早早起床，然后刷牙洗脸、吃早饭。吃饱了，我和爸爸一起去骑自行车。刚开始，我骑得还不太熟练，所以我要让爸爸扶着车，我骑着骑着，爸爸轻轻地把手松开了，我不知不觉地就骑了好几圈。但是，我还不会上下车，致使上下车的时候我摔了好几跤。

下午，爸爸送我去打乒乓球，我完成了自己定的任务，真高兴！教练说我今天打得很棒。

◆ 教师评语 ◆

小作者用简短的文字写出自己和爸爸一起学骑自行车的快乐，打乒乓球让我们感受到了一个孩子自强的精神。

（指导教师：李瑞）

2020，快乐不停

刘一墨　12 岁

在已经过去的 2020 年，每一个人都有自己独特的经历，这些经历往往是五味杂陈的，可我留下的只有甜。

2020 年学校开设了网课，在网课中，我们虽然只能隔着屏幕相见，但是依然觉得无比快乐。我每天都会看到亲爱的老师和同学，觉得和平常没有两样。我们在网上努力学习的同时，一群医护人员奋斗在抗疫前线，他们为国家、为每一个人能早日走出家门而奋战着。看到一个个患者痊愈，我觉得心里很甜，像吃了蜜糖一样甜，我从心底为患者感到幸福、为抗疫战士感到骄傲。

终于等到开学那一天，我无比激动，伴随着欢快美妙的音乐，开开心心地走进了教室。看着明亮的教室，摸着熟悉的桌椅，我流下了眼泪，心中泛起阵阵涟漪。这股波浪在我的心中、在我的身体里四处流淌，欢喜、激动、感动……我也说不出来这东西到底是什么。

2020 年，人们用自己的故事来描绘自己的诗篇，酸、甜、苦、辣尽在其中，而我的 2020 年则在快乐中停不下来。

◆ 教师评语 ◆

快乐是一种很神奇的情绪“药剂”，它能驱赶精神的雾霾，治愈心灵的悲伤，填充生活的虚无。我被孩子那纯真而又浓郁的快乐感染了、感动了！

（指导教师：樊婧）

放风筝

于晨晴　7 岁

今天，爸爸带我和哥哥去放风筝。风筝随风飘扬，就像一架飞机，又像一朵白云。五颜六色的风筝飘在天空，真漂亮啊！我太喜欢放风筝了！

◆ 教师评语 ◆

老师也很喜欢放风筝，但老师更喜欢小朋友笔下那优美的修辞。

（指导教师：雷赟）

摘草莓

张芷铜　7 岁

今天我和表姐、表弟，舅舅、舅妈一起去摘草莓，我们摘了很多草莓，其中有一种草莓的名字是“白雪公主”。这个品种的草莓，果肉是白的，籽是红的。这一天我很开心。

◆ 教师评语 ◆

老师也很喜欢摘草莓，读这篇日记又让老师认识了一种新草莓呢。

（指导教师：张文丹）

买　书

侯宇轩　7岁

今天阳光充足，我和妈妈一起去图书馆，买了我喜欢的书，还吃了美味可口的牛排。

◆教师评语◆

假期不忘读书，家风延续校风，很棒！

（指导教师：白露露）

去农场

赵梓芮　7 岁

今天上午我去艾瑞德教育农场，看见农场里的油菜花开了，还看见了喜鹊，它喳喳地叫着，仿佛在欢迎我的到来。

◆ 教师评语 ◆

春天在向我们招手，老师很期待和小朋友们一起去踏青。

（指导教师：白露露）

包饺子

任逸霏　7岁

今天，我要和姥姥一起学习包饺子，姥姥为了让我包得开心，特地准备了多种饺子馅：有芹菜肉馅的、香菇虾仁馅的，还有花生馅的。在我学习包饺子时，姥姥很细心地教我。最后，我终于学会了包饺子，看着包好的饺子，我馋得口水都流出来了。

◆ 教师评语 ◆

功夫不负有心人，姥姥教得仔细，宝贝儿学得也挺认真。

（指导教师：石莎莎）

过生日

杨子航　7 岁

今天是我姐姐的生日，妈妈和我一起去为姐姐买蛋糕，送给姐姐生日惊喜。我们还把蛋糕分享给邻居，他们祝姐姐生日快乐。我们一家人也为姐姐唱生日歌，姐姐很开心。

◆ 教师评语 ◆

小作者把给姐姐过生日这件事写得非常完整，条理清晰，用词准确。

（指导教师：权佳）

分饼干

谷乙诺　7岁

今天，王泊钧给我们分享了美味的饼干，饼干有长方形，有正方形，还有很多动物形状的……我分到的是心形的，开心极了。尝了一口，饼干既香甜又可口，我非常喜欢，开心极了。感谢王泊钧同学给我们带来的美味饼干。

◆ 教师评语 ◆

饼干的形状描写得很好，用上了“有……有……还有……”的句式，并点出了“我分到的是心形的”，这别有一番意味。

（指导教师：权佳）

打扫卫生

李雅诺　7 岁

今天上午出操的时候，我的腿抽筋了，就留在教室打扫卫生。我把全班的桌子擦了一遍，又扫了地。虽然我累得出了一身汗，但是我很开心。

◆ 教师评语 ◆

劳动最光荣，虽身体感觉很累，但内心却开心极了。谢谢小朋友为大家做出的贡献。劳动使人快乐，劳动创造未来！

（指导教师：王艳培）

见到李校长啦

李诺一　7 岁

今天我见到李校长了，我给李校长说我在日记上写他了，把李校长都给逗笑了。李校长说明年是虎年，他要扮演成大老虎，还问我和李雅诺害不害怕。

◆ 教师评语 ◆

哈哈，很愉悦的交谈呀，希望李校长能实现自己的诺言。虎年见到"大老虎"时，你们定会更开心的哟！

（指导教师：王艳培）

大扫除

唐中轩　7 岁

今天，妈妈带着我和哥哥大扫除。我和哥哥干得很起劲，干完之后，我们看见干净的地板、整齐的书桌，看着温馨的家，感到格外的自豪。

◆ 教师评语 ◆

劳动最光荣，帮助妈妈做家务的小朋友，是多么的美丽。

（指导教师：闫娟）

学跳绳

张宸恺　8 岁

今天放了学，回到家吃完饭，我和妈妈拿着跳绳就下楼了。先前我从没有跳过绳，这是我第一次学跳绳，妈妈为了让我学得快一些、有趣一些，还教给我几个跳绳技巧：身体先要站直，双手握着跳绳的两头，双臂向外伸展，找到适合自己的角度，开始挥动手臂和手腕，使用巧劲开始跳绳。听了妈妈的话，我自信极了，但第一次没成功，第二次没成功，第三次、第四次……跳了无数次还是不太熟练，妈妈看我有点着急，便安慰我说："慢慢来，万事开头难，只要你不放弃，总会成功的。"

我听了妈妈的话，更有信心了，又接着继续练了起来，经过自己不断练习，我终于学会了跳绳。

◆ 教师评语 ◆

小作者详细地描写了自己学跳绳的过程，并且通过学习跳绳懂得和领悟到了一些道理。孩子，加油！老师希望小朋友更加优秀！

（指导教师：李瑞）

陶泥小恐龙

展寅峰　10岁

每当我看到放在书桌上的陶泥小恐龙，就会想起小时候的一位玩伴。

上幼儿园时，我们一起上学、放学，还经常一起玩耍，成了形影不离的好朋友。但是在一个夏天，我们的感情发生了翻天覆地的变化。

那个夏天，我们两家人相约一起去恐龙科技馆。我们不仅了解了恐龙生活的时代背景，兴奋地讨论各式各样的恐龙种类，还一起动手制作了陶泥小恐龙。我欣赏着自己的小恐龙，露出了满意的微笑。当我转身看到他制作的小恐龙时，简直无法控制自己的眼睛，直勾勾地盯着这只精美的小恐龙。趁着他走开的片刻，我大胆地拿起他的小恐龙，翻来覆去地看着。不料我手一抖，他的小恐龙一下子被摔碎了，他闻声赶来，问道："是不是你摔碎的？"我连忙辩解："对不起，我不是故意的。"他脸涨得通红，生气地说："谁让你这么不小心，你必须赔我。"说着，他用力推了我一下，我往后退了两步，无意中将地上的碎片踩得更碎了，这让他怒火中烧，把我的小恐龙扔到地上使劲踩了踩，头也不回地走了。看着他离去的背影，我也气得说不出话来。我们的友谊从此破裂了。

转眼间几个月过去了。有一天，他突然来找我，把一只更加精致的陶泥小恐龙塞到我的手里。原来，他要搬家了。回想那天发生的事情，我们互相向对方道歉，都激动得差点儿哭出来，我一时不知道该说些什么，只

是紧握着他的双手。

后来他转学了，我们失去了联系。如今，他的面孔在我的记忆中已经模糊不清，就连他的名字我都不记得了。但是，每当我一看见桌子上的陶泥小恐龙时，我都会想起他。如果再给我一次机会，我一定会再次和他成为朋友。

◆ 教师评语 ◆

这篇文章以“陶泥小恐龙”为线索，开篇点题。按照事情发展的顺序，将小作者和好朋友之间感情变化的过程详细清晰地描述出来。还对人物的语言、动作和神态进行精妙细腻的描写，让文“有血有肉”，让人触景生情。故事真实，富有童真，情感饱满，结尾引人深思。

（指导教师：程艳芳）

一支圆珠笔

董一墨　10 岁

每当我看见珍藏在文具盒里的那支按压式的圆珠笔，我就会想起我的好朋友张铭哲。

上幼儿园的时候，张铭哲和我是同班同学。我们一起温习功课，一起上兴趣班，一起踢足球，一起做手工，一起放学回家。就这样，我和张铭哲成了形影不离的好朋友，这样的友情一直持续到了小学一年级。

一年级下学期的一天，发生了一件不愉快的事情。我们俩温习完功课，拿着刚从文具店买来的圆珠笔玩。我看见他的按压式圆珠笔很漂亮精致，于是和张铭哲商量着交换笔来玩。在我玩他的圆珠笔时，手上突然打滑，圆珠笔顺着桌边一下子就掉在了地上。我急忙捡起来一看，笔头那儿已经裂开了一条缝。张铭哲看见了，非常生气，然后就把我的圆珠笔也摔在了地上，“啪”的一声，我的笔也摔坏了。我们的友谊就此破裂。

转眼间几个月过去了，有一天放学回家时，我走在前面，张铭哲走在后面。突然张铭哲追上我，激动地说：“那次是我不好，不该摔坏你的笔。下周我就要转学走了，这支笔送给你留作纪念吧！”说完他就把笔递给了我。

张铭哲转学后，我就把他送给我的圆珠笔放在了文具盒里，每当我拿起那支圆珠笔就会出神，回忆着我们俩一起玩耍的时光，真希望能再见到他。

◆ 教师评语 ◆

这篇习作仿照习作例文《小木船》，从小作者的生活经历出发，借着“一支圆珠笔”的线索，讲述了“我”和张铭哲的友谊，字里行间蕴含着朋友之间的深厚情谊和对童年生活的无比怀念。

（指导教师：赵亚琼）

我的心儿怦怦跳

张绍洋　10 岁

如果让我说一件我最害怕的事情，那我一定会说——一个人走夜路。

记得有一次晚上放学时，妈妈来接我回家。我和妈妈刚走到小区门口，妈妈突然想起来，她还有很多个快递要取，就让我自己先回家。就这样，我独自踏上了回家的路。

因为妈妈走得着急，没有把门禁卡给我，所以我只能在大门口等待着。一转眼的工夫，大街上就没有人了，正在我不知道怎么办时，一位热心的保安叔叔给我开了门，就这样我顺利进入了小区。

进到小区以后，我就开始紧张起来，一路上惶恐不安。小区里的小路上，平日里都有些光照不足，晚上更是黑得彻底。我握紧拳头，壮着胆子走着，脑子里全都是非常恐怖的怪物，巨型怪蛇、大蜘蛛什么的。我好不容易走到了家门口，突然一个“怪物”从草丛中飞快地跑出来，我被吓得胆战心惊，一下坐在了冰冷的水泥地上。我狼狈地从地上爬起来，壮着胆子，悄悄地走近一看，原来那个“怪物”只是一只流浪猫哟！我顿时放松了心情，小心翼翼地迈开脚步，继续向前走，最后我顺利回到了家。见到爸爸时，我的脸色都发白了。

这次经历真让我的心儿怦怦跳。以后，我再也不一个人走夜路了。

◆ 教师评语 ◆

习作清楚地讲述了作者第一次走夜路的经过，通过动作、心理及神态描写，把当时紧张的心情淋漓尽致地展现了出来。全文叙事完整，结构严谨，语言生动，感受真实，实为一篇优秀文章。

（指导教师：赵亚琼）

给小鸡“接生”

贾子仪　10岁

每当我看到鸡蛋时，就会想起小时候的一件“傻”事。

那是我5岁时候的事情了。我刚从幼儿园回到家，就看见家中有只老母鸡在孵蛋，马上就要孵出小鸡了，我便蹲在那里看。“咯咯咯咯咯……”这时，老母鸡突然起身，我眼睛追随着老母鸡的身影看它到底干什么去了，原来老母鸡出去找食吃了。忽然，一只鸡蛋微微颤动，我知道小鸡快要出生了，我连忙起身，激动得手足无措。这时，蛋壳裂了一个小口，从里面露出一个黄色的小嘴，慢慢地，一个小脑袋伸了出来，我兴奋地叫了起来：

“小鸡出来了！小鸡出来了！”因为小鸡太小，再加上没有那么大的力气，小鸡用了差不多半个小时才从蛋壳里面慢慢爬出来。出壳时，小鸡的身体一半在壳外，一半依然还在壳里。我心想：不知道它用了多大的力气，才让自己破壳而出呢！它应该很费劲、很难受吧。我得想个办法帮帮它们。

我眼睛骨碌一转，想出一个主意来——给小鸡“接生”。我连忙搬来一张小板凳，在鸡窝前坐下，然后拿起一个带有小缝的鸡蛋把蛋壳轻轻剥开。一只毛还未干、眼睛闭着的小鸡“出生了”，它“吱吱吱吱吱吱”地叫着，好像在感谢我帮它早点来到这个世界。接着我又拿起一个鸡蛋剥壳……当我剥到第四个时，找食吃的老母鸡回来了，它看见我在动它的鸡蛋宝宝，马上竖起身上的羽毛向我冲来，吓得我连连退后，可还是躲闪不及，被老母鸡狠啄了一口。我被这老母鸡啄了，即刻就把眼泪引了出来，我哭着去找奶奶。

奶奶从厨房走出来，看见我泪流满面的样子，急忙问：“这是怎么了？”我一边拭泪，一边把我帮小鸡“接生”，被老母鸡啄的事情说给了奶奶听。奶奶听后，笑弯了腰。奶奶边笑，边用食指点了一下我的脑门打趣地说：“傻孩子，小鸡要到一定时间才会破壳而出的，你怎么能帮它剥壳‘接生’呢？帮它们‘接生’它们适应不了外面的世界，就会死去。”我似懂非懂地点点头，赶忙去看看那些我“接生”的小鸡，不出所料那些被我“接生”过的小鸡都已经不再动弹。我后悔极了，要是当时我没给小鸡“接生”该多好哇！

现在，每次当我想起小时候帮小鸡“接生”的傻事，就会后悔不已。这件事激发了我的求知欲。这个世界上奥秘还有很多，需要我们去探索！

◆ 教师评语 ◆

这篇文章的题目很吸引人，小作者运用诙谐幽默的写作手法，描述了

自己是怎么给小鸡“接生”和被老母鸡啄哭的经过。这虽是一件糗事，但从中也明白了道理，“生活处处皆学问”。

（指导教师：闫晨）

我的心儿怦怦跳

宋思彤　10 岁

在我们的生活中，大家一定都有印象深刻的事情，可能是“第一次走夜路”“拔河比赛”“激烈的竞选”……可我今天要讲的是一次特别的演讲。

自从我当上了校长助理，跟校长沟通和见面的次数多了不少。其中有一次，是要和校长吃午饭，并且提出自己对学校一些问题的建议。前一天晚上，我一回宿舍就开始准备，并且给室友们演练我明天演讲的建议内容，他们都觉得我的建议很好，我也觉得还不错，就早早睡下了。

紧张的时刻终于来到了，我早早地来到午餐会的教室，到了门口，我迟迟不敢进去，我看见来参加午餐会的不仅有同学，还有几位老师和李校长，他们都静静地坐在餐桌旁，等待着午餐会的开始。这样的气氛，让我的心顿时“咯噔”一下，手不由自主地抖了起来，我对自己说：“既然已经

来了，我就不能退缩，加油，宋思彤！”我咬了咬牙，进去了。

接下来，是同学们挨个儿进行演讲，来谈谈自己的一些建议。同学们一个接着一个，掌声一阵接着一阵。时光飞快，轮到我演讲了，我刚走向讲台，便紧张起来，手再一次不由自主地发抖起来，脚打战，大脑一片空白，脸上火辣辣的，怀里像揣了只兔子，七上八下的。这时，我看到了人群中我的一位好朋友，她使劲地冲我点头，她那坚定信任的目光，给了我勇气，让我心里踏实了许多。我努力让自己加快的心跳平静下来，我忽然想起了《小学生语文报》上的一句话：“别怕失败，只要你不气馁，继续努力，一定会转败为胜。”

对！我绝对不能放弃！我要战胜自己，争取成功！我定了定神，开始演讲，老师和同学们为我鼓掌加油，我滔滔不绝，行云流水，把提前准备好的演讲内容讲给大家听。

通过这件事，我明白了一个道理：如果你因为害怕某件事而不试着去做，你就会永远怕它。而如果你能战胜自己，相信你一定会是最出色的！

◆ 教师评语 ◆

小作者分享的这个事情让我们感同身受，迈出第一步看似简单，想要做到很难。最关键是自己要战胜自己，尤其当着校长的面去演讲，那更是一件不简单的事。不过小作者最后成功了，让我们为她悬着的心也落了下来。

（指导教师：闫晨）

第一次种小麦

张家康　12 岁

在我的童年时光中，我经历过很多第一次。第一次做饭，第一次考全班第一名，第一次出去旅游……但是，我最有意义的是第一次种小麦。那是我第一次和奶奶种小麦，也是在那次种植中我体会到了劳动的艰辛与快乐。

刚刚入秋，正是播种小麦的好季节，奶奶和我来到不足 15 平方米的菜园里播种小麦，奶奶和我先是把地翻了一遍，然后就开始播种小麦，奶奶对我说："播种的时候不要播太多，也不要播太少。太多，苗出来后过于密集，影响小麦的生长质量；太少，成活率低。要均匀播种才好，播好后盖土的时候用手把细土一扒，盖上小麦，这样利于出苗。

我按照奶奶说的去做，弯着腰播种子，播完种子用手轻轻地盖上土，一个小时后，终于完工了。因一直在弯腰播种盖土，我和奶奶都累坏了，回到家赶紧好好休息。

一个月后，我和奶奶又来到了菜园，"哇！地里好多野草啊！"我喊着，奶奶说："我们要把野草拔光，不然小麦就长不好。"说着，我又和奶奶用了一上午的时间把野草拔光了。

啊！种小麦真累啊！现在我终于体会到了"谁知盘中餐，粒粒皆辛苦"。但是，当我看到亲手播种的小麦出苗时，我仿佛看到了金灿灿的麦穗在向我频频点头，我切身体味到了劳动的快乐与收获。

本文语言朴实真挚，却将自己第一次种植小麦的过程写得很是自然、很有条理，并将劳动的辛苦、快乐和价值充分地展现了出来。

（指导教师：葛娟）

快乐的星期天

张科诺　11 岁

今天是星期天，外面阳光明媚，我们一家三口来到小区的广场上锻炼。

我们的第一项活动是打羽毛球，我和爸爸对打，妈妈当裁判。我平时最爱打羽毛球，也经常练习，打羽毛球的技术还不错。我心想爸爸一定打不过我，我肯定会赢。我先发球，和爸爸打了十几个回合，爸爸总能轻松应对，还得意地冲我做了胜利的手势。后来我趁着爸爸得意忘形的时候，往前紧跑了几步，向上一跳，再使劲往下一扣，爸爸果然没有接住球，我

高兴地跳起来喊道："妈妈，我赢了！"妈妈开心地冲着我竖起了大拇指。

第二项活动是我和妈妈比赛踢毽子，爸爸当裁判。开始我有点儿不自信，因为妈妈很会踢毽子，她一口气能踢一百多个。妈妈似乎看出了我的心思，就故意让着我，放慢了速度等着我。在妈妈的不断鼓励下，我坚持了下来，到最后勉强地赢了她。

接着我们比赛跳绳，这是妈妈的强项，我和爸爸都输了。

最后一个项目是一家三口比赛跑步，我们同时站在起跑线上，我喊"预备开始"，三个人就奋力向前跑。因为我经常在学校跑步、打篮球，所以轻而易举地跑了第一名。爸爸最近胖了一些，跑得气喘吁吁、满头大汗，最后还是到达了终点。

这个星期天过得真有意义！我们不但锻炼了身体，而且很开心，我希望以后的每个星期天都过得这样有意义。

◆ 教师评语 ◆

读完作文，老师被小作者一家三口其乐融融的亲情感动了。小作者用平实的语言写出了幸福满满的三口之家的日常周末，语句通顺，感情真挚，是一篇好文章！

（指导教师：赵首梅）

快乐的事

李赫男　11岁

从小到大我生活中有许多快乐的事，有家人在一起的天伦之乐，有和老师在一起的快乐，有和朋友在一起的欣喜……到目前为止，我记忆中最快乐的一件事是小学二年级期末考试时得了300分的事。

那是小学二年级临近期末考试的时候，我正在复习功课，爸爸妈妈走过来问我："宝贝，这次期末考试能得多少分呢？"我拍着胸脯、胸有成竹地说："爸爸妈妈，你们放心吧！我一定会考300分！"爸爸刮了一下我的鼻子说："那么自信？你一定要说话算话呀。"

考试的时候，我看了看整张试卷，觉得题目很简单，于是信心满满地很快就做完了。我看了看周围的同学，他们还在冥思苦想。正在我得意扬扬的时候，突然想起了答应爸爸妈妈一定要考300分的事情，为了稳妥起见，我赶紧用手指点着卷子，一道题一道题地检查起来。后来居然发现写错了一个字，长江的"江"由于马虎竟然少写了一个点。我马上改了过来。改完后，我一边擦着冷汗，一边自言自语道："好悬呀。"接着又赶紧检查还有没有别的错误，我反反复复地检查了三遍，确定没有错误后，才松了一口气。数学和英语考试我也是这样认真地做题、用心地检查。

后来卷子发下来了，我果然考了300分！一放学我就举着卷子兴奋地给爸爸妈妈看，他们把我紧紧地搂在怀里，高兴地说："宝贝真棒，你说到

做到，真是个认真、细心的孩子。”然后我们一家三口一起分享我的快乐。

现在回忆起来，那快乐的场景让我记忆犹新。因为那不仅是一家人在一起的天伦之乐，还是我通过努力之后获得成功的快乐。

◆ 教师评语 ◆

作文不仅阐明了做事要认真的道理，还写出了爸爸妈妈无微不至的关爱。事例典型，语言流畅，感情真挚，是一篇好文章！

（指导教师：赵首梅）

我学会了栽红薯苗

马桢皓　11 岁

今天，我终于学会了栽红薯苗。

5 月 29 日，下午两点半，妈妈开车带着我的姥姥、姥爷、何米阳和我一起去了农场。在车上，姥姥说：“老师和学生能种出来个啥地？”妈妈回答：“就是让他们去体验体验，感受劳动的不易和播种的乐趣。”我附和道：

“我们一定可以种好的，我一定要得到你们的认可。”

到了农场，我先去拔了草，期待着一会儿栽红薯苗的环节。老师正在发红薯苗，我二话不说，抓了一把红薯苗，就埋着头一个劲儿地往刚垄好的地里插。插完这道垄后，我一扭头就看到了姥姥手里攥着好几棵红薯苗。“啊！姥姥，那不是我刚插的红薯苗吗，你怎么给拔了呀？”我诧异地问姥姥。姥姥告诉我说：“你要是真心想学，我可以教教你怎么栽红薯苗，但你绝对不能半途而废。”我便点了点头。

这时，只见姥姥用右手捏住苗的底部，用力将苗斜着栽了下去，她的手腕紧挨着地垄。接着她抽出了右手，再用左脚在地垄上轻轻地踩了一脚，然后把苗扶正，这棵苗就栽好了。于是我照着姥姥的动作依葫芦画瓢把苗栽了下去，但姥姥却摇摇头说：“你栽得太浅了，你这是插，不是栽。”听了姥姥的话，我就用力向左下方又栽了一段，然后用左脚向地垄上踩了一脚，一棵红薯苗就稳稳地栽好了。这时，姥姥笑着说：“我的外孙学会种地了，这红薯苗栽得不错。”我露出了开心的笑容，妈妈也在旁边夸我能干呢。

通过这件事，我明白了一个道理：无论外表看起来多么简单的事情，其实都有很深的学问。

◆ 教师评语 ◆

本文详细地写出小作者学习栽红薯苗的过程，内容详略得当。字里行间也写出了自己从劳动中收获的乐趣。多参加社会实践活动，好哦！

（指导教师：王小丽）

我学会了骑自行车

沈鑫蕊　11 岁

每个人都有一项拿手的本领，比如打羽毛球、写毛笔字、敲架子鼓、弹钢琴等。而我最喜欢的是骑自行车。

四年级时，我过生日，妈妈送给我一辆自行车当作我的生日礼物。车子的颜色是粉色的，前面有个小篮子，还有一个小巧的铃铛，后面有一个座位。我很喜欢这份礼物，希望能早点学会骑自行车。一个周末的早上，我请爸爸教我骑自行车，爸爸欣然答应了。

我们来到楼下小区的一片空地，爸爸在后面扶着车子，我小心翼翼地坐到车座上，左脚和右脚踩着脚踏板，我左摇右晃地开始了学骑自行车的旅程。爸爸说："你的身子要稍微倾斜，眼睛要目视前方，脚用力一蹬，自行车就会动。"我心想：这样就行了？学自行车也太简单了吧。我按照爸爸说的方法去尝试，自行车果然开始行驶起来了。骑着骑着我看见前面有个人，猛地一刹车，摔了一个狗啃泥。

我重新站起来，骑上车子，一遍又一遍。慢慢地我越骑越熟练，突然觉得好轻，回头一看，爸爸没有扶着车，我终于学会骑自行车了！我正高兴着，自行车一下失去了平衡，我又一次摔在了地上，腿这次蹭破了皮，但是我还是很开心。

功夫不负有心人，铁棒也能磨成针。我终于学会了骑自行车，找到了骑自行车的乐趣。

老师从文中可以看出小作者的努力与坚持。只要有付出，就一定会有收获的哦。

（指导教师：王小丽）

爸爸戒烟了

刘屹柏　11 岁

周五我回到家，妈妈神神秘秘地问我：“乐乐，你有没有发现爸爸有什么变化？”我左看右看，上看下看，爸爸的肚子还是胖胖的，仍然戴着一副眼镜，看得老爸都不好意思了，也没发现爸爸有什么变化。直到我去阳台上放行李箱的时候才发现，阳台柜子上爸爸的烟和烟灰缸不见了。哦，原来爸爸把烟戒了。

说到爸爸吸烟，那真是说来话长，听奶奶说，爸爸从 15 岁开始吸烟，

那个时候爸爸在上学，他看到有的同学吸烟，觉得吸烟很酷，从此他就走上了烟民之路。爸爸的行为被爷爷和他的班主任发现了，为此爸爸还被班主任和爷爷批评了很多次，爷爷还因为这事打过他，但都无济于事。直到现在，这个有将近20年烟龄的老爸，突然醒悟了，因为爸爸意识到吸烟对自己和家人的身体健康都不好，所以决定戒烟，他要给我做榜样！他告诉我错误的事情一定要及时改正，这才是很酷的行为。

爸爸戒烟历时两个月，从最开始的烦躁难受，到现在嗓子也舒服了，早上刷牙不再恶心了，也不担心身上有烟味儿了，还喜欢上了喝茶，每次喝茶爸爸都叫上我，跟我聊天，聊聊我最近的学习情况，与同学们相处的情况。我和爸爸的交流越来越多后，我才发现原来爸爸拥有的知识这么多啊！我太崇拜我的爸爸了！

我觉得爸爸太伟大了，因为妈妈说戒烟很难的，就像让我戒掉玩手机、不看动画片一样的痛苦。如果能够克服困难，改掉不好的行为习惯，每个人都可以成为自己的英雄。

◆ 教师评语 ◆

此文生动地写出了爸爸戒烟的过程，细腻的文笔让人羡慕，充满真情实感的语言也让老师也看到了小作者可爱善良的暖男形象。真不错！

（指导教师：王小丽）

太行山奇遇记

任奕涵　10 岁

清晨，一觉醒来的我趴到窗边，这是我们在太行山旅行的第三天。我们住在山上的旅馆，旁边有连绵起伏的高山，郁郁葱葱的树木被嫩草和巨石裹着，山笼罩着朦胧的薄雾，烟雾缭绕，宛如仙境一样。

我们穿上厚厚的羽绒服来到了山脚下，山像一个巨人一样屹立在我们面前，大家各自捡了一根树枝当登山棍，组成了一个登山小队，然后就开始登山啦。山上野草丛生，肥沃的土地让野草长得比人还高。山上很冷，天寒地冻的，要不是我们武装到位，牙齿早就被冻僵了，妈妈哈了口气，形成了一团雾气。我们兴致勃勃地爬着，山路崎岖，非常难行，我们一步一喘，真正体会到了什么叫比登天还难。

我渐渐爬累了，一不小心又摔了一跤，就不想爬了，刚开始登山时的那股子兴奋劲儿早就没有了，就在我要放弃的时候，爸爸说："不能放弃啊，坚持就是胜利！"一个多小时后我们终于登上了山顶，我心中有满满的成就感，这可真是"会当凌绝顶，一览众山小"呀！

在山顶上，我们看见一片大水潭，潭水清澈见底，倒映着山和树，没有风的时候它就像一面镜子，让我想起来"潭面无风镜未磨"这句诗来。往里扔了一块石头，"扑通"溅起一朵大水花，形成一个小圆，溅起的水滴落下来，周围形成了许多小圆圈，成了一幅由许多圆圈构成的图片，好看

极了。

这次爬山让我深刻地体会到了我们的班训：贵在坚持，唯在坚持，成在坚持。

◆教师评语◆

读这篇文章，我好像看到了在太行山登山时的那个永不言弃的帅小伙儿。小作者善于观察，还能展开想象，尤为可贵的是能把自己积累到的古诗词恰如其分地融入文中，使文章别有文采，继续坚持哦！

（指导教师：杜静）

游戏天地

童年的游戏

阎妙彤　9 岁

我很喜欢跟我的爸爸一起玩儿，不过爸爸每次都很忙，我们只好在家里玩儿，在家里也可以玩很多游戏，比如跳山羊、丢手绢、看动画片，不过我最喜欢玩捉迷藏。

“一、二、三、四 ……藏好了没，我开始找人啦。”爸爸喊着。“我藏好啦。”我小声回答。哈哈，爸爸总是很快就找到我。在我刚懂事的时候，就会玩捉迷藏了，不过，每一次爸爸都能找到我，有的时候爸爸还会自言自语：“彤彤藏在哪儿？我怎么找不到她呢？”每每这时，我会忍不住笑出声来。结果就是爸爸开心地喊着：“我找到你啦。”接下来就该我找爸爸了，我们就这样开心地玩着。

慢慢地，我长大了，可以藏的地方也多了，以前我都藏在窗帘后面、门后面，爸爸每一次都能很快地找到我。现在我都藏在篓子里、柜子里。我最离谱的一次还藏在了床底下，我静静地趴着，不出声。听着爸爸在几个房间来回走动的脚步声，听着他拉开窗帘，打开房门，打开柜子门，我屏住呼吸。哇，我看见爸爸的脚啦。如果他一弯腰会不会就找到我了呢？“彤彤，太难找到你啦。”“哈哈，我这次藏的地方确实与平常不同，不过这是爸爸的策略吧，哼，我就得忍住不吭声。”我想着。

这一次，我很开心，因为这是爸爸第一次没有找到我。在这次以后我就更加喜欢玩捉迷藏了。“妹妹，我们来玩捉迷藏吧。”说话间，妹妹已经藏到客厅的窗帘后啦……

◆ 教师评语 ◆

小作者的笔下，把“童年的游戏”写得尤为细致和特别动人。透过字里行间，让我目睹着一家人相亲相爱的生动场景。这是一篇佳作。

（指导教师：徐冠杰）

童年的游戏

韩沁宇　9 岁

不知不觉我已经九岁了，在我无忧无虑的童年里，让我记忆最深刻的游戏就是捉迷藏了。

在我三四岁的时候，总是缠着爸爸妈妈陪我一起玩捉迷藏的游戏，这个游戏对我来说充满了惊险和刺激，还有获胜时的开心。妈妈告诉我，只要我闭上眼睛，他们就看不到我在哪里了。我那个时候总是在想：哇，原来闭上眼睛是一件这么神奇的事情！我总会在爸爸妈妈惊呼“我看到你啦。”的时候，赶紧把眼睛闭上，内心沾沾自喜，这下你们看不到我了吧。这时候爸爸妈妈总会发出失望的声音说：“哎呀，我的宝宝去哪里了？怎么突然就不见了呢？”没有人知道我那时的心情，觉得自己拥有了一项盖世神功，可以永远隐藏自己，可以在捉迷藏这个游戏里，永远位于战神的地位。一直到现在，听爸爸妈妈讲起这些事情的时候，我还清晰地记得我当时收获的快乐。

捉迷藏，是我记忆中最难忘的游戏，是我和爸爸妈妈一起拥有的最珍贵的回忆。小朋友们，你们有什么难忘的童年游戏？我等着你们讲给我听。

◆ 教师评语 ◆

老师从习文中看到了温暖有爱的一家人，也感受到捉迷藏这个游戏带给全家人的欢乐。语言和心理描写丰富，望继续努力。

（指导教师：徐冠杰）

那次玩得真高兴

胡雅心　9 岁

上周末，我和爸爸妈妈一起去了绿城广场玩。

我们一家开着车到了那里。爸爸拿钱买了两包鸽子食，小鸽子们争先恐后地往我们手上飞，看样子这些小家伙一定是饿坏了。我发现有一只鸽子长得胖乎乎的，每当我把手伸出去，那只鸽子都是第一个飞到我手上的。我把食物撒在地上，它总是和其他小鸽子争着吃，所以我给它取了一个名字叫“小贪吃”。

“小贪吃”也是一只会享受的鸽子。它只要吃饱了就会去散步，偶尔也会直接飞进自己温暖的小窝里，心满意足地睡觉去。我还记得有一次吃完食，它飞回窝的时候和另一只鸽子“撞车”了，惹得大家哈哈大笑。

那次玩得可真高兴呀！

◆ 教师评语 ◆

本篇习作观察细腻，重点写了喂鸽子的过程和场景，动作描写和心理描写颇具穿透力。文中多处修辞手法的使用，使文句彰显新鲜感。

（指导教师：张亚楠）

那次玩得真高兴

衣本然　9 岁

假期我们去海南旅游。一天，爸爸决定带我出海钓鱼，我非常高兴，激动得夜不能寐。

第二天一大早，我就兴奋地从床上跳了起来。吃过早饭后，我们全家坐上车来到海边，深蓝色的海水跟我想的完全不一样。我们要坐船出海啦！船驶出一段距离后，我们开始准备钓鱼，我把鱼钩放到海水里，静静地等着。抬头望去，我发现大海真是无边无际，鱼漂随着海水摇晃着，我看得眼睛都快花了。这时，我发现鱼漂有变化，用力一拉，却一条鱼也没钓上来。老爸告诉我："一定要有耐心。"于是，我再一次把鱼钩放到了海水里，一次、两次、三次……我始终没有钓上鱼来。

当我准备放弃时，心里的两个小人儿却上来凑热闹了。"支持的小人儿"开口道："功夫不负有心人，一定要加油。""不支持的小人儿"开口说："不用钓了，这么多次都没有钓上来。"他俩吵得我心烦，但想想爸爸的话，我觉得应该坚持下去。这时，我往海面上一看，发现鱼漂有很大的变化，我异常紧张，叫来了爸爸。在爸爸的帮助下，我终于钓上来一条斑马鱼，我太高兴了！

海钓的经历让我终生难忘，那次玩得真高兴！

◆ 教师评语 ◆

作文语言表达流畅，写出了海钓这件事带给自己的快乐，并能在海钓过程中有所“收获”，悟出做人做事的真谛。

（指导教师：张亚楠）

人蚊大战

李梓旭　10 岁

童年就像星空，有些星星在天空中半明半昧，但也有些星星闪耀无比。这些最闪耀的星，就像我童年中难忘的事，每当聊起这些难忘的事，就会引人发笑。

还记得三年级的一个星期天，太阳像个大火球，把炙热的阳光洒在大地上，似乎要把万物烤化。总算坚持到了傍晚，我随着晚霞回到了家，房间热得像烤箱。我心想，打开窗户可能会凉快一点，谁知刚一打开窗户，“嗡”的一声，一只不速之客飞了进来。

我踮着脚顺着声音的来源走去，远远就看见那只蚊子落在沙发上，于是我眼疾手快，双手一合就轻而易举地捉到了它。我用食指和大拇指轻轻地捻着它，好奇地观察着，这只蚊子个头很小，但是仍然用柔弱的腿儿使劲地蹬着我。看着它奋力挣扎的样子，我想，如果我一巴掌打死它，那不是恃强凌弱吗？于是我动了恻隐之心，把它放了。

第二天起床，我发现腿上有一个大红包，我立刻想到了那只蚊子。这不就是现实版的农夫与蛇的故事吗？想着这只蚊子以德报怨，我就怒火中烧。于是，我迅速从床上爬起来，开始在房间里仔细寻找。柜子上、床底下、书桌旁……费了九牛二虎之力，终于在台灯后面找到了它。我蹑手蹑脚靠近这只蚊子，毫不迟疑地向它拍去，就这样这只蚊子就一命呜呼了。

冰心曾说：“童年啊！是梦中的真，是真中的梦，是回忆时含泪的微笑。”人蚊大战虽然冒着傻气，却是我童年时期最难忘的回忆。

◆ 教师评语 ◆

这篇文章题目吸引读者，开头引人入胜。小作者妙语连珠，巧妙地运用比喻、夸张等修辞手法，把生活中最常见的捉蚊子写得如此生动活泼，结尾时能够学以致用课本中的名句，使文章寓意得以升华。

（指导教师：程艳芳）

有趣的跳大绳活动

赵希贝　10 岁

今天晚饭后，我和好朋友一起在操场上跳大绳。

这个活动的规则很简单，由两个同学一起甩一根很长很长的绳，然后一个同学站在中间跳，其余同学轮换着跳，谁跳得多，谁就获胜。

活动开始了，我和乔诗淇甩大绳。李艾诺第一个跳，我们数了数，李艾诺跳了两个。接着是李珊珂跳，她跳了三个。后来换成李艾诺和我甩大绳，乔诗淇跳，她跳了两个。最后是李艾诺和李珊珂甩大绳，我来跳。虽然我一个也没有跳成功，但是我玩得很开心。

过了一会儿，杜老师加入了我们的活动，我发现杜老师好厉害，她穿着高跟鞋一连跳了好几个，把我们惊得目瞪口呆！

最好看的要数那些跳绳特厉害的同学了，只见他们一个个左躲右闪，像灵活的小鱼儿一样，无论绳子怎么甩，都绊不倒他们。挺难为情的就是我们这些跳绳技术一般般的同学了，我们一个个笨拙地跳过来跳过去，不是被绳子绊住了，就是把鞋子跳飞了，羞得我们满脸通红。

快乐的时光总是短暂的，丁零零，要上课了，我们恋恋不舍地回教室。跳大绳活动不仅能锻炼身体，而且玩得很开心。我喜欢这样的活动。

◆ 教师评语 ◆

本次活动抓住了“有趣”来写，既写出了老师跳得有趣，也写出了两类不同的同学跳绳时的生动场面，文章有可读性。望继续坚持和努力。

（指导教师：杜静）

好玩的游戏

李晟泽　10 岁

“快跑！小心那只老鹰！”操场上传来了喊叫声。原来是我们班同学在自由活动的时间里玩老鹰捉小鸡的游戏呢。打头阵的老鹰就是我和小张同学。

游戏开始了，我以迅雷不及掩耳之势飞向小鸡们。可他们竟然在鸡妈妈的保护下迅速地躲开了。我心想，他们好厉害呀！连我致命的一击都避开了。但是他们哪里知道，小张早已在后面守株待兔了。这就是我和小张的计划——螳螂捕蝉，黄雀在后。很快，小张抓到了一只小鸡。我也不甘示弱，暗下决心，一鼓作气，就算上刀山下火海，也要抓住一只小鸡。我再次以猎豹捕食的速度冲向小鸡，关键时刻小张突然从我们中间跑了过去，害得我即将得手的小鸡逃走了。我垂头丧气地看着那只逃跑的小鸡，心里别提有多难过了，那可是我费了九牛二虎之力就要抓到的猎物呀。不过我的心情很快就多云转晴了，因为我发现不远处有两只小鸡正在说悄悄话，他们居然没有注意到我。于是我把步子放慢、放轻，悄悄地靠近他们，瞅准时机迅速抓住了那两只小鸡。

大家为我的一箭双雕连声叫好，我高兴得前仰后合。这次好玩的游戏给我留下了深刻的印象，我能写下这篇作文，应该就是最有力的证明吧。

◆ 教师评语 ◆

文章开头就引起了读者强烈的好奇心。语言精练轻快，小作者妙语连珠，娓娓道来的好词佳句和恰到好处的心理描写，把游戏过程写得一波三折，富有童真，紧紧抓住读者的心，显露出了小作者在文学上可造化性。

（指导教师：程艳芳）

“争地盘”游戏

张景博　10 岁

一个阳光明媚的课间，好多同学都在打闹玩耍。唯独我坐在座位上什么也没干，因为我现在无所事事。就在此时，我的好对桌——崔子轩扭过头来问我：“咱俩玩‘争地盘’吧？”

“啥是‘争地盘’啊？”我好奇地问道。

他用傲慢的眼神看着我，说：“这都不知道？就是用尺子插在笔杆上，造一架飞机，然后向敌方开炮，炸到什么，什么就没有了。橡皮可以当车，也可以炸东西。当对方物品快没有了的时候，可以用地盘做交换，明白了吗？”

我赶快装作很懂的样子，吼道：“知道，知道，快开始吧！”

崔子轩大喊：“三、二、一，开始！”

我先造了一架飞机向他飞去，他不甘示弱，也造了一架飞机向我冲来。我把他打得落花流水后，非常得意。正当我得意之时，一架“大炮”向我飞来，炸中了我的文具盒。我又生气又伤心，然后就炸了他所有物品，他给了我两平方分米的地盘。

太棒了，我胜利了！

◆ 教师评语 ◆

通过人物语言的描写，让人感受到了游戏带给人们的趣意，有机会可以一起玩耍哦。

（指导教师：任炎敏）

可承受力的鸡蛋

杨　子　10岁

本周四上拓展课时，郭老师给我们展示了一个“可承受力的鸡蛋”的视频，看完后，在场的同学议论纷纷。有的认为这不可能，鸡蛋很容易摔碎的呀，怎么能够承受住这么几大本厚厚的书呢？也有的同学认为是不是老师找了几个假鸡蛋糊弄我们呢？大家都不相信自己看到的视频内容。可老师却偏偏不告诉我们真相，要我们自己动手去尝试。

倔强的我决定一定要自己亲手去试试，于是我拿了三个鸡蛋、一块木板、几本最厚的书，我倒要看看结果会不会像视频里的那样。

实验开始了，我先把三个鸡蛋摆成三角形，然后放上木板，最后小心

翼翼地在上面放了几本又大又厚的书，我的动作很轻很慢，生怕压碎了鸡蛋。结果让我大吃一惊，鸡蛋没有碎，实验真的成功了。

果真，实践出真知呀！

◆ 教师评语 ◆

有趣的拓展课程，有心的小作者，既让好奇的老师激发出亲自尝试一下的行为冲动，更通过亲身实验得出了“实践出真知”的真理。真了不起！

（指导教师：任炎敏）

我的心爱之物

陶星宇　11 岁

人人都有心爱之物，有人的心爱之物是美味可口的菜肴；有人的心爱之物是有趣的小玩具；也有人的心爱之物是小巧玲珑的橡皮……而我的心爱之物则是一双滑冰鞋。这是我在八岁生日时，外公送给我的生日礼物，我可喜欢了。

你看！滑冰鞋有着黑蓝相间的颜色，上面还有一个小人儿正在滑冰呢。滑冰鞋下面四个小轮子排成一排，一滑起来便会闪闪发光。要是穿上滑冰鞋，熟练地滑起来，整个人便犹如一只小燕子般轻盈了。

看见了这么酷的滑冰鞋，我便迫不及待地穿上，开始学习滑冰了。我先学习了控制平衡，但我刚一站起来，就摔了个四脚朝天。于是，我小心翼翼地从地上站起来，却又摔了个“狗啃泥”。我一屁股坐在地上，疼得龇牙咧嘴，瞬间失去了耐心，把滑冰鞋扔在一边，索性不滑了。此时，我看看旁边的滑冰鞋，它似乎在嘲笑我：“遇到这么一点点困难你就害怕了，能算得上是男子汉吗？”我感觉到这时的脸有一点发烫。于是重新调整好情绪，继续练了起来。不一会儿，我就能在妈妈的帮助下缓慢地滑行，此刻我好像听到了滑冰鞋上的小人儿在鼓励我：“小帅哥，你真棒！加油！”

在小人儿的鼓励下，以后的每周休息日我写完作业就去练习滑冰，经过日复一日的练习，功夫不负有心人，我不仅熟练掌握了滑冰的技巧，还学会了花样滑冰。妈妈脸上露出了欣慰的笑容，我的脸上也洋溢着成功的喜悦。

就这样，滑冰鞋便成了我的心爱之物。因为它不仅给我带来了快乐，更让我练就了战胜困难的决心。

◆ 教师评语 ◆

小小滑冰鞋，心爱之礼物。
练习多波折，心魔增倔劲。
妈妈来陪同，最终得胜利。

（指导教师：刘丽丽）

第三章

山川风光

四季如歌

春天来了

张世友　8 岁

风柔柔的，暖暖的，迎面都是春天的气息，在这样美好的周末，我和爸爸妈妈一起去农场的田地里寻找春天。

地里一片绿油油的麦苗，茁壮成长，像一块绿色的大地毯。小草从地下探出头来，嫩嫩的，绿绿的，像一群调皮的小精灵。你看那桃树开花了，粉嫩粉嫩的；梨树开花了，雪白雪白的。路边的柳树也长出了新头发，在微风下摇哇摇。

天空中掠过小燕子的身影，它们从南方飞回来了，成群结队地在天空中游戏，叽叽喳喳地叫着，好像在说："春天来了！春天来了！"你看那边还有一群小朋友，他们也出来了，他们脱掉了厚厚的棉衣，换上春天的装束，在尽情奔跑、放飞风筝……

春天真美啊，我爱春天！

◆ 教师评语 ◆

小作者用心在感受着这个世界，春天在笔下绽放出令人陶醉的色彩，好一派生机勃勃的春之景！

（指导教师：张文娟）

找春天

张海钰　8岁

春天在哪里？春天在哪里？我想到大自然的怀抱中去寻找春姑娘的足迹。

在风和日丽的周日，我和爸爸妈妈一起去公园寻觅春天的踪迹。

我看到好多好多的海棠树，这些海棠树各种各样，姿态不一，有的海棠树上刚刚长出来绿油油的小嫩芽；有的海棠树上吐出了红彤彤的小蓓蕾；有的海棠树上绽放了绚丽多彩的鲜花。俏也不争春，只把春来报，海棠树上不正绽放着春天吗？

放眼望去，各种各样的花儿百花争艳，我仿佛看见春姑娘在花间舞蹈。

我爱春天，爱这五彩缤纷、绚丽多彩的春天。

◆ 教师评语 ◆

因为海棠花开，所以你寻到了春天的足迹，拟人手法的使用让春姑娘美了起来。

（指导教师：张文娟）

公园寻春

周梓瑶　9 岁

今天，我和姐姐、爸爸一起去了碧沙岗，在那里寻找春天的影子。

我看见了蝴蝶花，蝴蝶花从湿润的泥土里探出了小小的脑袋，那是春天的花裙子吧?

我看见了长长的雪柳花，雪柳花从泥土里伸出小小的手，那是春天的小辫子吧?

洁白的玉兰花正站在枝头笑，那是春天笑眯眯的小脸吧?

就这样我们在一片浓浓的春意里逛完了碧沙岗公园。

回家路上我想只要我们用眼睛去观察，用心去寻找，春天便无处不在，应该任何地方都有春天的身影吧?

◆ 教师评语 ◆

在城市的一角，在公园的角落，都留下了小作者用心观察的身影，这是多迷人的春光啊!

（指导教师：张文娟）

找春天

屈　畅　9岁

春天来了！春天来了！

趁着周末，我和妈妈一起去郊外寻找春天。

细长的柳枝在空中飘浮，那是春天的头发吧？

竹笋从地下探出头来，那是春天的手掌吧？

鸟儿们叽叽喳喳，那是春天的歌声吧？

公园里大片大片的花朵簇簇，那是春天的新衣吧？

春天来了，它在平静的小溪上游啊游，在迎春花脸上灿烂盛开，在燕子、百灵鸟嘴里叫，在我们小朋友的脸上笑……

◆ 教师评语 ◆

小作者是一个善于学习的人，即便是仿写也写得逼真。此文以自己观察的维度，写出的春色是如此动人，美不胜收。

（指导教师：张文娟）

春　天

闫崇德　10岁

清楚地记得2020年的那个春节，一场疫情阻挡了我们回到校园学习的脚步。那时我就在想，在艾瑞德的门口一直站立着的瑞瑞、德德，一定在等着春暖花开后我们的到来。我们每天都在家里等待着春天，等待着返校的日子早点到来。每天我都能听到艾瑞德的钟声，每次钟声一响，我就在想，如果在学校，这个时间段我们要吃早饭了，要做操了，要吃午饭了，要上拓展课了，要上晚自习了……我很是想念学校生活。

每当我在家想念学校时，就会在吃饭的时候取出我专用的餐盘，模拟在学校就餐的样子，换上就餐服，在家里走来走去，就像从教室走到餐厅一样。最后我走向厨房，拿着餐盘让妈妈学着生活辅导员老师那样帮我把饭菜都盛进盘子里，然后端着餐盘走到餐桌前坐下开心地吃起来。就这样，我在家吃饭就像在学校的餐厅里吃饭一样。

每当我想念教室的时候，就会端正地坐在我家最小的桌子前，把电脑放在我家最高的地方，看着电脑就像看着黑板一样，我仿佛就像在教室里上课。就这样，我的家又变成了教室。

每当我想起可爱的同学们，亲爱的老师们，敬爱的李校长时，我就会在家里走来走去，嘴里还说着，同学好！老师好！李校长好！虽然房间里只有我一个人，看上去有点儿傻傻的样子，但是我依然很喜欢这样，因为这样会让我的家变成我的乐园——艾瑞德。

春天已经到来了，我希望疫情赶紧过去，让我们摘下口罩重返校园，去见我们日思夜想的瑞瑞、德德、同学、老师、李校长，还有教室、科学实验室，白鸽……

◆ 教师评语 ◆

那时的我们期待着在学校重逢的时刻早点到来，我们跨过了那个春天，新冠疫情虽然影响了我们的生活，但我们在思念中度过的那个极不平凡的日子，也是一种别样的体验呀！

（指导教师：闫晨）

惜　春

陈镜羽　12 岁

“一日之计在于晨，一年之计在于春，一生之计在少年。”每当我听到这些话时就热血沸腾。

正值少年的我，在春天的早晨里漫步，映入眼帘的尽是桃红柳绿。看春笋像一把利剑破土而出，小草好奇地从土里探出头来，桃树、杏树、梨树，你不让我，我不让你，都开满了花赶趟儿似的，好不热闹。

我走在这迷人的春日里，一抬头，蓝天、白云、红太阳交相辉映。春风吹过原野，好似在鼓动着万物尽情展示自身的美。野花儿也在向春天展现它那美丽迷人而又娇羞的面颊。

转眼间，一抹黄昏浮现在天边，刚散学的稚童们三五成群地走到绿茵茵的草地上放风筝。他们跑啊、跳啊，追着风筝欢呼雀跃。我坐在小路边的长椅上，悠然自得地欣赏着这一幅天然的优美画卷。这时我才发现，晴空万里的蓝天不知何时已被一片黑压压的乌云浸染了。孩子们顿时感觉很扫兴，纷纷沮丧地回家了。但我并不觉得扫兴，因为我发现其实雨中的春天也别有一番滋味。若晴时的春天展现了它的开朗与坚强，那么阴时的春天则展现出它的柔弱与凄婉。

过了一会儿，春风拂过，春雨骤停，柳树在风中飞舞，花瓣从树上飘落，落红满地，这不就是春天最美，最靓丽的风景吗？

◆ 教师评语 ◆

这篇习文构思清晰，描写生动，文笔优美。特别是开头的引用句，强烈地表达出了对大好时光的无比珍惜和对走好人生路的美好愿望。

（指导教师：孙晴）

夏 夜

谢豫萱 12 岁

春夜，雨声沙沙；秋夜，静谧舒缓；冬夜，万籁俱寂；而夏夜里，却是热闹一片。

明月照耀着大地，月光为动物的会场增添了一层银色的纱幔；凉风习习，夏日的炎热被吹跑了许多，令人感觉舒服。

萤火虫在空中飞舞，它们一会儿飞到小河上；一会儿落在花苞里；一会儿飞到草丛里。它们飞到哪里，就把哪里点亮，让那里闪闪发光。它们在干什么？原来呀，它们在寻找更多的美景，为人们编织出更多的美梦啊！它们手中的灯笼一闪一闪，若隐若现，为夏夜增添一份美感。

蝈蝈和青蛙开起了演唱会。蝈蝈弹奏着它的吉他，青蛙唱起了美妙的歌谣。“呱——呱——呱——”，那歌声在空中回荡，夏夜的空中因它们的演奏而格外明朗。

到了深夜，人们都进入了梦乡，动物们的演唱会也结束了，夏夜变得静谧起来。月亮开始顺着大树往下爬，会场的纱幔越来越薄。慢慢地，纱幔消失了，热闹的夜晚也结束了。

◆ 教师评语 ◆

小作者用其独特的审美视角写出了夏夜不一样的美，用拟人等多种修辞手法又使热闹的夏夜增添了浓浓的意趣。

（指导教师：樊婧）

我爱秋天

杨迪萌　9 岁

“一年好景君须记，最是橙黄橘绿时。”想到秋天，就想到了苏轼的这句诗，再应景不过了。

夏姑娘悄悄地走了，秋姑娘悄悄地来了，为大地披上了美丽的衣裳。秋天来了，秋高气爽，比起夏天多了一丝丝凉意，大树脱去了翠绿的衣裳，着一身金黄。一片片落叶像小扇子一样飘落下来，像在空中跳起了优美的舞蹈。

走在上学的路上，阵阵桂香扑鼻而来。这时我才看到朵朵金黄的小花挂满枝头，争先恐后地迎接秋天的清晨。闻着桂花的香味，看着枝头的金黄，这是秋天多么美妙的清晨啊！

抬头望去，只见大雁一会儿排成“一”字，一会儿排成“人”字，告别北方往南方飞去。

秋天真是个美丽的季节，又是一个喜获丰收的季节。秋天团圆赏月，秋天围炉啃蟹。我爱这给人以强烈美感与硕果累累的秋天！

◆ 教师评语 ◆

小作者笔下把秋天的美丽与收获写得很细致动人。透过文句，让我看到了一个动人的季节夹杂着香甜的味道和丰收的喜悦。很厉害，成语信手拈来，实为一篇佳作。

（指导教师：徐冠杰）

秋天即景

韩紫宣　11 岁

秋天到了，天气渐渐变凉了，很多树的叶子变黄了，枫叶变红了，只有松柏和竹子还是那么绿。山坡上层林尽染，非常美丽、壮观。

秋天似乎总是这样悄无声息地就来了，我们前几天在太阳下玩耍还一个个满头大汗的，随着昨晚的那场秋雨，我们便加上了一件外衣。

百花已开尽，菊花独盈枝。秋天的菊花园里，朵朵菊花竞相开放，争芳斗艳。有的像金黄的大圆球，有的像白色的小玉盘，有的像紫色的小精灵……白的、紫的、淡绿的、金黄的、暗红的……一朵朵、一团团、一簇簇、一片片，好看极了。它们像一只只美丽的花蝴蝶，在枝上自由绽放。

银杏叶像一把把小扇子，扇走了夏天的炎热，带来了秋天的凉爽。一场秋雨之后，小扇子悄无声息地落在地上，就像铺上了一层金黄的地毯，厚厚的、软软的，使人一见就生爱慕之心。

秋天是迷人的季节，是丰收的季节，更是充满着农民伯伯欢声笑语的季节！我喜欢秋天！我赞美秋天！

◆ 教师评语 ◆

小作者善于观察，用优美的语言写出了秋天的绚丽和对秋天的酷爱，给个赞吧。

（指导教师：赵首梅）

雪

侯欣羽　7岁

今天晚上，下了鹅毛大雪，我和妈妈、哥哥去雪地里打雪仗、堆雪人，还把树上的雪摇下来了。

◆教师评语◆

老师和小朋友一样喜欢下雪哦。“鹅毛大雪”，用词很棒！

（指导教师：张文丹）

下雪了

张子锐　7岁

今天下雪了，地上、车上、房顶上到处都是白白的雪。吃过饭后，我冲出屋外，小朋友们都在开心地玩雪。他们有的在打雪仗，有的在堆雪人，还有的在滚雪球，兴奋极了！

◆ 教师评语 ◆

小朋友用自己美美的语言，记录下这雪天的欢乐。

（指导教师：石莎莎）

雪

邵天义 11岁

早上起床一看，呀！满地的雪！一夜之间，窗外银装素裹。

地上的雪厚厚的、软软的，像铺上了一层厚厚的白地毯。踩上去咯吱咯吱地响，不一会儿，白地毯就被我们踩出了一串串凌乱的脚印。

我们仿佛走进了童话般的世界，地上、树上、房子上都盖着厚厚的雪，像盖上了一层厚厚的白棉被。

房檐上和枝干上都是雪，一片片，一串串，结着冰霜，晶莹剔透，真是玉树琼枝呀！

一下课，我们就迫不及待地跑出去。雪花有的像星星那样调皮地眨着眼睛，有的像小姑娘在天空中翩翩起舞，有的像小精灵纷纷扬扬地飘落下来。

我们来到操场上，兴奋地叫着、跑着，还时不时地抓起一把雪，团成雪球，尖叫着扔到小伙伴的身上。虽然我们的鼻子冻得通红，手冻得冰凉，鞋子也湿了，但是我们依然很快活。

俗话说“瑞雪兆丰年”，这么大的雪，来年一定是个丰收年。

下雪真好！我真喜欢下雪！

◆教师评语◆

小作者用了比喻、拟人的手法，把雪飘落的样子和在雪地里玩耍的情景，描绘得栩栩如生。看了文章，让人忍不住要加入到玩雪的行列中。

（指导教师：赵首梅）

飞雪

杨乐瑶　12岁

一年之中，最美的便是落雪了。

清晨，空中飘着蒙蒙细雨，这细雨不同于春天的细雨那般黏腻，而是多了些飒冷。紧接着，第一缕断断续续夹杂着雪丝的雨滴飘落。那雪丝，似雪又非雪，有雪的洁白，却缺少了雪的轻盈；像妈妈鬓角的白色绒发，有些凌乱又有些温柔。

渐渐地，雪花越飘越大，不再是之前米粒般大小，而是如一片片轻薄的羽毛。雪花在太阳的折射下，呈现出六角形的形状，那形状又美又怪，就像一棵刚发芽的小树，枝枝杈杈。

所有的孩子都不约而同地向公园跑去，一时间雪花漫天飞舞，笑声也漫天飞舞。一时间雪花在空中飞舞着，并不着急落地，好像舍不得离开天空似的，孩子们有些着急，向着天空望着、喊着。一片片雪花，像烟一样轻、玉一样洁、银一样白，又像敦煌的飞仙，婀娜多姿，姿态万千。她们犹抱琵琶半遮面，千呼万唤始出来，飘飘洒洒，纷纷扬扬，轻吻着久别的大地。

不一会儿，小雪花由一片片变成了一簇簇，像银花似白蝶。倏忽间，北国上下惟余莽莽，飘雪的冬日真为大美啊!

◆ 教师评语 ◆

小小雪花在小作者的笔下有了生命，这雪景着实迷人。

（指导教师：樊婧）

山河故里

美丽的田园校区

徐嘉惠　9岁

我们学校有一个美丽的农场，那里一年四季都有不同的美景，下面我就给大家介绍一下吧。

春天，刚一进门，就看到了美丽的桃园，桃树开了花，有白色、粉红色和玫红色。风一来，它们便随风摇摆，像是在开舞会一般。在田地里，各种蔬菜的嫩芽探出了脑袋，好奇地观察着身边的一切，到处一片生机勃勃的景象。

夏天，许多蔬菜都成熟了。有红彤彤的西红柿、又长又嫩的黄瓜、胖胖的紫色大茄子和形状各异的辣椒等。在炎热的夏天里，这些农作物最需要阳光和充足的水分，所以我们经常去农场给它们浇水。

秋天，农场里到处一片金黄的景色。秋天的农场是充满着丰收和欢乐的。农场这个时候人来人往，大家都来摘自己春天播种到秋天收获的果实。秋风吹过，仿佛秋姑娘在天上看着这景象开心地微笑。

冬天，农场里也有许多耐寒的农作物，有蒜苗、小麦等，它们坚强的意志非常值得我们学习。

我每周最开心的事就是来农场，在这里，我们就像植物一样感受自然生长的力量。农场真好啊，我爱学校的田园校区！

◆ 教师评语 ◆

小作者按照时间顺序介绍了学校美丽的田园校区，字里行间洋溢着对田园校区的喜爱与赞美。这是一篇佳作。

（指导教师：徐冠杰）

游特色民俗村王湾

陶星宇　11 岁

5 月 8 日下午，我们一家人来到了位于汝州市北 15 公里陵头镇的王湾村，一个民俗文化村。

到达那里，映入眼帘的是一块“初心”石，我们先到了一个土坯房，里面摆放着各种战争时期的武器、医疗箱等。我一下子被一个手榴弹吸引了，妈妈对我说：“原来的手榴弹还有一个拉环，把拉环拉掉以后，磕一下，炸弹扔出去它就会爆炸。”我们还看到了打仗时所用的盾牌，那个盾牌非常大，跟我们个头差不多，能把人全部护住，以保护人的安全。

接着我们沿着凹凸不平的石头路往前走，看到了一口井，那口井又黑又深，以前的人就是从井里打水吃的。打水的工序是：先将水桶挂在钩子上，然后转动辘轳，将桶里灌进水后，再次转动辘轳，最后就有一桶水了。

参观完这里，我们又到了另一个地方，那个地方叫磨坊，玉米面就是从这里磨出来的。制作玉米面的工序是：先将玉米放在磨盘的洞里，然后推动磨盘，反复碾压，最后形成了玉米面。在以前为了省人力，是驴来拉磨的，但是驴也很聪明，它如果知道在干活，就不往前走了。当时人们想到了一个好办法，就是把驴的眼睛蒙上，这样它就不知道自己在干活，只好往前走了。

美好的时间总是短暂的，太阳快落山了，爸爸开着车，我们依依不舍地离开了王湾这个驰名的特色民俗村。

◆ 教师评语 ◆

游特色民俗，感文化魅力。
留美好印象，增爱国情怀。

（指导教师：刘丽丽）

爷爷的菜地

王祥瑄　11 岁

在我的乐园中，爷爷的菜地是我童年最美好的地方，在那里我可以自由地跑来跑去，在那里我还可以摘取甜甜的果子。

我还记得菜地中的那棵樱桃树，在夏天到来前，树上都是小虫子，小虫子抓着碧绿的树叶，像是被隐了身似的。这时我的堂哥就会一直摇晃那棵树，我那时候因为很怕虫子，所以从不敢碰那棵树，哥哥一摇树，我就会吓得跑开了。到了夏天，树上就不一样了，它会结出满树的樱桃，我看见那鲜红而精致的樱桃，恨不得马上吃掉它。

除了美丽的樱桃树，还有一棵大树在默默地陪着我。回想起来当时我天天跑到菜地中找爷爷，等到爷爷收完菜种完地时，我就会和爷爷在那荫凉的大树下一起说话和休息。有时我还会和姐姐在那里玩游戏，在树下玩久了，我还可以和姐姐用水管和水枪给田地洒水。我和姐姐你泼我一下，我泼你一下，就算衣服湿透了，也乐此不疲。

该吃饭了，妈妈的呼唤声就会高低起伏地在菜地里回荡，听到妈妈的呼喊声，我连忙跑到楼上，我和姐姐比谁跑得快，于是欢声笑语和夕阳的余晖一起洒满了菜园的每个角落。

这个菜地中有着无尽的快乐，真希望这个乐园能永远陪伴我成长！

◆教师评语◆

爷爷的菜地在小作者的笔下被描述得生机勃发，看得我都很想去玩一玩了。字里行间，展现出这片乐园收获的喜悦和幸福。继续加油哦。

（指导教师：王小丽）

我家的小河塘

梁永平　10 岁

如果有人问我，我最喜欢的地方是哪儿，我会毫不犹豫地说是我家的小河塘。

春天，小河卷着一片片碎冰走了，而小草却拱破泥土探出了头，整片草地就像穿上了一件绿油油的衣服。迎春花不仅迎接着我，还迎接着春姑娘的到来。春姑娘来了，她跳着舞走来了；春姑娘来了，她给小桥换上了花花绿绿的衣裳；她化开了被冻住的小溪、敲响了劳动的钟、唤醒了沉睡的熊；她用自己的神力，让迎春花开了……

我拿着无人机，飞上广阔无比的天空，掉转镜头，整片河岸一览无余。

运气好的话，也许能碰见天鹅，欣赏到天鹅的美貌。有时不仅能碰到正在游泳的天鹅，也有可能碰到小松鼠。一提到松鼠，你肯定会想到它那毛茸茸的尾巴，想到它喝水的样子：两只可爱的小手掬一捧水，喝一口，再洗把脸……

夏天的小河塘完全就是一个游乐园。我们站在小桥上，一起跳水，哥哥胆子很大，敢往下跳，我却不敢。每当我们玩累了，一回到家就会有香喷喷的包子和卤好的鸡腿等着我们……

我最喜欢小河塘的秋天。早上我们下河去捉小鱼小虾，中午会去池边挖红薯，偶尔还会去旁边的果园，看到那火红的苹果，咬上一口，顿感甜甜的。红红的苹果，让人感觉这日子过得红红火火。晚上才是最让人陶醉的时候，坐在岸边，双脚泡在小河里，静静地看着池中的月亮，有时圆圆的，有时弯弯的。水塘里的月亮，是梦幻的，是美妙的，是欢乐的。

冬天的小河表面上平平无奇，但却在竭力积蓄力量。小鱼小虾早已不见了踪影，只有我，一直一直地陪伴着心爱的小河……

◆ 教师评语 ◆

这个小池塘带给人无限乐趣，给人的感觉正如文中所写的那样：秀美而恬静。文章语言鲜活，对小池塘的描绘生动而细腻，表现出一种内心的安宁和怡然。

（指导教师：任炎敏）

小区的池塘

桑　越　12 岁

我们小区有一个富有诗情画意的地方——池塘。

进入小区之后往里走，就可以看到一方池塘。池塘的左侧有许多垂柳。春天，微风吹过，柳树的枝条随风摆动，使人不自觉地想起唐代诗人贺知章的《咏柳》："碧玉妆成一树高，万条垂下绿丝绦。不知细叶谁裁出，二月春风似剪刀。"池塘的右边有低矮的小树丛和石子路。夏天，踩着一个个小石子仿佛回到了童年。沿着小路向前走，你就会看见一个小亭子和用石头砌成的桌椅。秋天，老人在亭子下面打牌、下棋，小孩子在亭子下面玩耍嬉戏，不时传出欢笑声，这座小亭子不知给多少人带来了欢乐。

池塘里的水很清，清得可以看见池底的小石子，还有少量的小金鱼在游动。水池上有五座小桥，夏天的夜晚，站在桥上可以听见青蛙"呱呱"的叫声和癞蛤蟆"咕咕"的叫声，真是"听取蛙声一片"啊！

池塘给人们带来欢笑，带来幻想，也带来了别样的美景。

◆ 教师评语 ◆

池塘一方，欢乐无限。常见的事物，因小作者细腻的情感表达而有了不一样的意义。

（指导教师：项兆娴）

美丽的童话世界

刘伊然　9岁

我的老家不是大城市，而是一个有树有花、有田有房的农村。

春天，老家是一个大花园。花儿在笑，树木在发芽。森林里有一条清澈的小溪，梅花鹿在溪边喝水，小熊在水中捉鱼，鱼儿在水中游来游去，仿佛在说："快跑呀！小熊来捉鱼啦！"松鼠在树枝间跑来跑去，在为动物们站岗放哨。

夏天，老家的荷花睁开了眼。荷叶荷花手拉手，小鸟叽叽喳喳地叫着为它们歌唱，小青蛙"呱呱、呱呱"地为它们伴奏着。树木长得郁郁葱葱，孩子们在树下看书、唱歌、做游戏。

秋天，老家是一座巨大的宝库。森林为人们献出了香甜的山葡萄。一个个农民伯伯从房子里走了出来，来到金黄的田野收东西，田野就像金色的海洋。田野用魔法让植物快速地长高长大。

冬天，老家是一个冰雪世界。雪花在空中飞舞，树木穿上了一件雪白的衣裳，大地盖上了一层雪白的被子。小花觉得冷了也就低下了头，明年春天再出来。小熊们在一起取暖，小松鼠给宝宝吃松果、讲故事。人们在房子里吃着香喷喷的饭菜，一起欢度春节。

这就是我的老家，一个童话般的世界。

◆ 教师评语 ◆

真是“下笔如有神”啊！看得出来，小作者阅读了大量的文学作品，内容显示出了较为厚实的文学功力。作文结构按总分总和以四季为序，立体地描绘了一个美丽的童话世界。全文围绕中心句展开，娓娓道来，收放自如，是一篇佳作。

（指导教师：李伟伟）

美丽的人民公园

高沛儒　9 岁

人民公园，一年四季景色优美，不断有游客去那里游玩散步。所以，人民公园从来都没有孤单过。

春天，树木抽出新的枝条，长出嫩绿的叶子，好看极了。天气不冷不热，刚好可以和家人一起去人民公园散散步。坐在花丛旁，能闻到各种各样花朵的香味。色彩鲜艳的花朵慵懒地躺在草地上，小鸟在树林间飞来飞去，叽叽喳喳的。万事万物，尽显生机，美丽极了。

夏天，树木长得葱葱茏茏，密密层层的叶子把公园里的小路封得严严实实的。金灿灿的阳光照射在碧绿碧绿的草地上，孩子们在草地上玩耍，大人们坐在树下，听着树上的虫鸣。漫步水塘边，听听青蛙的叫声，小鱼也在水塘里玩耍，荷花笑开了脸，粉红粉红的荷花特别美丽。

秋天，人民公园像一张金黄色的油画，梧桐树的落叶像一个个金色的小巴掌。望向远方，感觉像是踩在金色的地毯上。站在树下，时不时就会有几片叶子掉在头上。

冬天，公园里像披上了一层雪白的被子，叶子全部都掉光了，孩子们在公园里玩起了堆雪人等有趣的游戏。大地上的草没有了，松柏更苍翠了，梅花也盛开了，漂亮极了。

人民公园的景色，一年四季都很迷人，真是一个流连忘返的好地方。

◆ 教师评语 ◆

在小作者的笔下，人民公园的景色是那么美丽动人。此文按照时间顺序，运用比喻和拟人的修辞，把人民公园的景色描述得淋漓尽致，文章显得更生动，更有韵味。本文不失为一篇佳作。

（指导教师：徐冠杰）

美丽的雕塑公园

简羽墨　9 岁

距离我家大约一公里的地方有一个美丽的公园，叫“雕塑公园”，我问妈妈：“这个公园里是不是有很多雕塑啊？”妈妈说：“是的啊，每个雕塑都有它的意义。”我和家人每个季节都会来这个公园玩。

春天，草地上的积雪融化了，雪变成了水，滋润着大地，给花草树木带来了营养，花朵也慢慢地绽开了笑容。最常见的是迎春花、樱花和桃花。

夏天，在公园的正中心那个清澈见底的湖中，总能看见成群结队的小鱼，跳着欢快的摇摆舞。人们沿着湖面上的吊桥，会看见亭亭玉立的荷花以及可爱的小青蛙，青蛙在荷叶上欢唱着动听的歌谣。

秋天，秋风吹来，吹在身上感到了一丝丝清凉，树叶仿佛被魔法师施了魔法一样变黄了，叶子也一片一片往下落，大地盖了一层金灿灿的地毯。

冬天整个公园的人物雕塑像一个个穿着白色棉袄的战士，他们似乎在守护着这座美丽的公园，静静等待着明年春天的到来。

这人民公园，真是一道美丽而独有的风景啊！

◆ 教师评语 ◆

小作者将雕塑公园的美丽细致地描绘了出来，记录了公园不同季节不同的美丽。善用比喻和拟人的修辞手法，文笔灵动，富有韵味。

（指导教师：徐冠杰）

美丽的公园

刘天贺　9 岁

我家旁边有一个公园。

春天，河面上的冰融化了，河里的小鸭子快活地游起来，在河里沉睡的小鱼苏醒了。

夏天，因为天气炎热，所以有很多人都想到桥上吹吹河风，凉快凉快。公园里面还有很多跳广场舞的大妈，她们每天晚上都会拿着音箱来公园里跳广场舞。

秋天，公园里的树木变黄了，梧桐树的落叶纷纷扬扬地飘落下来。因为河里的鱼特别多，所以很多人会约着亲朋好友带着渔具去钓鱼。

冬天，雪花在公园里飞舞，给万物披上了银白色的衣裳，美丽极了。小朋友们在公园里打雪仗、堆雪人，十分热闹。

这就是我家门口的公园，公园的一年四季都很美。

◆ 教师评语 ◆

小作者通过细心观察，运用比喻、拟人的修辞手法，把公园每个季节的特点都描写得生动有趣。

（指导教师：孟少丹）

小花坛

李函颖　9 岁

我家门口的小花坛一年四季都很美。

春天，一场春雨过后，百花齐放。地上的小草一棵棵都探出头来，在微风中跳舞。

夏天，花儿们开得更美丽了，红花如同一团火焰，白花开了一片，看起来好像是一片雪地，小草也更高、更绿了，下雨的时候小草张开双臂拥抱天空，尽情地吸收着雨水。

秋天，花儿们都凋谢了，菊花却盛开了。这些菊花真让人心情愉悦。菊花的颜色也有很多，红的、粉的、黄的……五颜六色，漂亮极了。

冬天，所有的花朵都被厚厚的白雪覆盖着，我把雪堆挖开，也没有发现花朵的一丝踪迹，你知道这是怎么回事吗？

家门口的小花坛，一年四季景色优美，是一本大书，也是一本美丽的大画册。

◆ 教师评语 ◆

小作者按照时间顺序，通过细心观察把小花坛每个季节的特点写得淋漓尽致，运用比喻、拟人的修辞手法，使文章生动有趣，读起来朗朗上口。

（指导教师：孟少丹）

美丽的海南

李晋含　10 岁

在我国南方有一个美丽又热闹的地方——海南。那里虽然天气炎热，但是风景优美，宛如人间天堂。

早上，太阳公公伸了个懒腰，把耀眼的阳光洒在了沙滩上，将沉睡的大海也吵醒了，海浪开始翻滚。一些早起的渔民开始捕鱼，他们先把巨大的网一股脑地撒出去，再看一看动静。一会儿工夫，渔网里就有了许多银光闪闪的鱼儿，他们看准时机，“哗”的一声，把网拉上来，然后满意地把新鲜的鱼儿带回家，结束了上午的捕鱼工作。

中午，海南的海鲜饭店，那里有各式各样新鲜美味的海鲜，要是觉得太单调的话，还可以搭配清凉的椰子汁。肥美的海鲜与浓浓的椰子汁完美搭配，简直太满足味蕾了。

傍晚，海面上空出现了一片片美丽的火烧云，把天空映染得红彤彤的，连海也泛起了一丝丝红晕。海风轻轻地走过，顿时周围安静了许多。这时到海边，穿上漂亮的裙子，戴着耳机，在沙滩上静静地坐着，别提有多惬意了。

夜晚，璀璨的星空格外美丽，清风微微吹过，树梢在动，星空也在动……

美丽的海南，真是一个人人向往的人间天堂啊！

◆ 教师评语 ◆

小作者从捕鱼、饮食、海边美景、星空等多个角度，巧妙地运用比喻和拟人等修辞手法，将海南不同时间段的美景特点展现出来，真让人想来一场说走就走的海南之旅。

（指导教师：程艳芳）

美丽的宝泉水库

茹祥宸 10岁

你听说过宝泉水库吗？它位于新乡市辉县境内，那里可美啦。

春天的宝泉，柳树哥哥长出了一条又一条的柳枝，百花盛开，争奇斗艳，小草也从地上探出头来。

望着人山人海的宝泉，听着溪水哗哗地歌唱，沿着山路继续走，满眼的青山绿水，忍不住想要坐下来仔细欣赏一番。这时，却听大喇叭喊道："山顶有玻璃栈道和美丽的大瀑布。"我便兴致勃勃地向山顶爬去。

在山顶上看，水库被分成了三段，一段比一段美。从上往下看，宝泉像是一片可以移动的人海。听听这叽叽喳喳的鸟叫声、人们在山谷里的喊声……这里好不热闹。

下了山，又到了水库里水最多的地方了——中游。那里人声鼎沸，欢笑声响彻云霄，水里成群结队的鱼儿游来游去。岸边有人用水枪吸着清澈的湖水向远方喷射，有人用大盆一次次向水上的"活靶子"泼去，还有人用清水洗手洗脸呢。

啊！宝泉水库，我爱你！

◆ 教师评语 ◆

文章动静结合，情景交融，惟妙惟肖。小作者抓住所见所闻，把宝泉的美景展现在读者眼前。文中的好词好句用得恰到好处，为文章大为增辉，望继续加油。

（指导教师：张婉清）

游迎宾公园

宋佳璐　10 岁

周六，妈妈带着我和表妹一起去了新建的迎宾公园，欣赏公园的美景。

进入公园大门，我们就踏上了一条落满秋叶的路，听着“咯吱咯吱”的声音。顺着小路绕过长椅就来到了公园东面的小树林。里面的树很多，绿色的树叶已经变成金色的了，还有一些变成了火红火红的，真是“数树深红出浅黄”呀！秋风一吹，树叶在枝头摆动，又纷纷扬扬地飘在空中，缓缓落下。地面上的小蚂蚁呼朋引伴，把又大又好看的叶子搬回了家。树枝上，一只小松鼠静静地坐在那里，忽而又摇着尾巴蹿到另一边的树枝上。

告别了小树林，我们一直向北走，闻着花香，就能看到公园里的假山中隐藏的小亭子。小亭子很古朴，四角高高翘起，柱子旁挂着一串大灯笼，显得格外喜庆，亭子上方立着一块匾，写着“迎宾亭”三个大字。

美丽的迎宾公园，我多想变成一只自由的小鸟，在你的上空飞翔；我多想变成一朵小花，在秋末点缀你的美丽；我多想变成一阵秋风，让你神清气爽。

◆ 教师评语 ◆

首尾呼应，语言优美。文中比喻、拟人的修辞手法运用得当，语言通顺，内容条理清晰，习文进步很大。

（指导教师：张婉清）

碧沙岗公园

陈怡月　10 岁

郑州的美景有很多，有奔流不息的黄河，历史悠久的二七塔，还有古

色古香的河南博物馆。但我最喜欢的地方，还是郑州市的碧沙岗公园。

碧沙岗公园位于郑州市中原区，是郑州市的三大公园之一，也是郑州市历史最悠久的公园，让我来带你们参观吧。

走进古色古香的碧沙岗公园大门，首先映入眼帘的是一条幽静深远的小路。道路两旁种满树木，像挺拔的士兵保卫着公园。一阵风吹来，树梢随风摆动，一棵棵大树像啦啦队员一样喊着“加油”。

穿过林荫小道，便来到了公园的正中间，这里矗立着高大巍峨的石碑，石碑上写着几个苍劲有力的大字：北伐阵亡将士永垂不朽！我不禁想到了将士们抛头颅、洒热血的悲壮场景，正是因为他们的英勇付出，才有了我们的美好生活。

石碑两边是两个池塘，池塘里的鱼儿们成群结队、自由自在地游玩着。鱼的颜色可多了，有红的、橙的、白的，还有黑的。它们玩耍的时候，真是好看极了。

绕着池塘往前走，就会看到一个古色古香的小亭子。平时，老年人会来到这里休息。他们有的在下棋，有的在锻炼身体，还有的在听收音机，真是悠闲自得！

碧沙岗公园风景优美，置身其中，真是让人怡然自得！你有没有来过呢？赶紧过来看看吧。

◆ 教师评语 ◆

小作者抓住了“景色优美”“悠闲自在”两大特点，着重描写了碧沙岗公园，让人读后觉得真是个值得一去的好地方。习作开门见山，直击读者内心世界。

（指导教师：赵亚琼）

植物园

李姿璇 10岁

我给大家推荐一个好地方，那就是我最常去的植物园。植物园的春夏秋冬，都有别样的美。

春天，我们走在小路上，一阵微风吹来，小花小草翩然起舞，树叶也唱起了轻柔的歌曲。夕阳西下，暖暖的阳光照在小路上，舒服极了。

夏天，太阳火辣辣地炙烤着大地。小鸟躲到树荫下的家里乘凉，小松鼠飞快地采完果实，一溜烟儿，就消失得无影无踪了，小蝴蝶也落到了树叶上，暂时躲避夏日的阳光。

秋天，我划着小船，看着水下的小鱼，它们自由自在地游来游去。看着天上金黄色的树叶一片一片地飞下来，像一只只金色的蝴蝶。幸好船上有天花板，不然这些金黄的蝴蝶就要飞到我们的头上来了。

冬天，下雪了！洁白的雪花，像一只只白色的鸟儿，落在地上休息。整个植物园就像一个银色的世界。水面上结着冰，根本看不见小鱼跑到哪里去了。我好奇地望着冰面，要不是害怕一不小心掉下去，真想踩上去试试呢！

植物园真是一个好玩的地方，有空你就来看看吧。

◆ 教师评语 ◆

小作者习作思路清晰，文笔优美，描写生动具体。按照春夏秋冬的时序展示了植物园的美丽景色。文中运用比喻、拟人等修辞手法，使读者如"身临其境"。

（指导教师：赵亚琼）

神秘的海和沙滩

李希羽　10岁

三亚，一个充满神秘的地方，我一直向往它，不只是因为它的神秘和美丽，还有一种说不上来的亲切与可爱。

位于海南省的三亚，据说是中国观海最美的地方，那里早上有美丽的朝霞，晚上有梦幻的夕阳。沙滩上有漂亮的贝壳和五颜六色的彩石，海里有丰富多彩的鱼儿，碧蓝的海深不见底，会让人流连忘返。

三亚的天气非常炎热。一下飞机，一股热浪扑面而来，有种想立刻换上凉快的衣服，吃个冰棍儿的冲动。

三亚也是儿童的天地。随着音符的跳动，孩子们有的在观海，有的在游泳，有的在捉小鱼。可爱的小螃蟹在沙滩上顽皮地走动，孩子们用稚嫩的双手捉住它们放进小桶里，欢乐的声音洒满海滩。

三亚也有舌尖上的风景。大黄蟹、五香虾、麻鱼……各种各样的美味这里都有，还可以现吃现捞，让人大快朵颐。

三亚也是个很奇特的地方。那里的海水非常神奇，从远处看是深蓝的，装在瓶中却变成了浅蓝的，可是倒出来后看到的却又是透明的。我在想，为什么这里的海水会这样奇特呢?

怎么样？三亚是不是又美又好？你想去吗？如果你想一睹三亚风采，那就一定要赶早哟。

◆教师评语◆

小作者从三亚的天气、美味、奇特来描绘三亚的美好，让人读了都想赶早去感受一回。不过疫情当前，只能稍事搁浅，等疫情过后，你我他都一定要去三亚感受那里的奇特。

（指导教师：闫晨）

夏天的新疆

孙华鑫　11 岁

新疆，是我国面积最大的省。西与吉尔吉斯斯坦、哈萨克斯坦、塔吉克斯坦相邻，北与俄罗斯、蒙古接壤。

来到新疆的东大门，便是有“新疆缩影”之称的哈密市。哈密因瓜闻名中外，是哈密瓜的故乡。

来到哈密吃的第一餐就是当地的特色美食——羊肉手抓饭。吃一次就深深地喜欢上了它。还有香喷喷的烤羊肉串，这里的羊肉肥美鲜嫩，咬上一口，从头发丝香到脚指头，令人胃口大开。吃完羊肉，再来一瓶当地人自制的酸奶，这种酸奶跟我们平时在超市里买的酸奶味道完全不一样，它是纯天然发酵而成的，没有任何添加，喝起来很酸，还需要自己加糖。一瓶酸奶下肚，正好解了羊肉的油腻。

从中原来到新疆，荒凉的戈壁滩也能成为我眼中的风景。一望无际的戈壁滩上覆盖着一层黑色的小石头，这些没有棱角的小石头本不是黑色，它们没有任何绿荫的遮挡，在极其缺水的环境里久经日晒风吹，小石头内的矿物质裸露，因而呈现出黑色。

望着茫茫的戈壁滩，顿时感觉我们很渺小。戈壁滩上寸草不生，没有任何生物的迹象，只有密密麻麻的小黑石头静静地守候，寂静得可怕。

经过漫长的路途，走出戈壁滩，东天山出现在眼前。一条弯弯曲曲的

小溪沿着山脚潺潺流淌，溪水清澈见底，即使是在八月的天气里，溪水依然冰冷刺骨。抬头便看见郁郁葱葱的云杉树长满山坡。这里有山，山上有树，山下有溪，溪水不断，水从天山而来，纯天然，没有任何污染，一派生机勃勃的景象，与山南的戈壁滩形成鲜明的对比。东天山将哈密分为南北两块区域，独特的地形特征造就了极具新疆特色的自然景观，融大漠、绿洲、雪山、松林和草原于一地。山南的哈密市极度缺水，终年罕见降水；山北则相反，当地人有句俗话："一天有四季，十里不同天"，上一秒艳阳高照，下一秒就有可能飘起雪花。山北有辽阔的草原，草原上有牧民们搭建的蒙古包。蒙古包周围都是成群的牛羊，它们悠闲地享受着大自然的馈赠——肥美的牧草。这正是新疆的牛羊肉特别美味的缘由。

天山北面的巴里坤县有一个幻彩湖，湖水会随着天气的变化而变换不同的颜色，"幻彩湖"因此而得名。湖水里富含芒硝，芒硝是一种中药，味咸。

新疆地域辽阔，物产丰富，地下矿产资源极其丰富。哈密瓜闻名中外，新疆大枣人见人爱，葡萄架上果实累累，核桃颗大皮薄……独特的地理环境造就了"瓜果之乡"的美誉。大美的新疆，让我恋恋不舍。

新疆各族人民善良朴实，热情好客。听了我的介绍，你是不是也有了去新疆的冲动？

◆ 教师评语 ◆

语句通顺，感情真挚。运用了大量的好词好句和修辞手法，是一篇不错的习作哦。

（指导教师：肖乐）

日落即景

宋佳音　12 岁

傍晚时分，窗外。美好的景致吸引了我。

西边那一片片霞云慢慢散去，只留下了淡淡的红晕。那一栋栋的楼房，使窗外的景色更像一幅嵌在玻璃框里的画。被风吹动的摇曳着的树，在夕阳的照耀下镀上了金光，一点点映入了我的眼里。太阳像一个金色的煎蛋，轻轻地向下落去……

大约十几分钟，像是留恋这广阔的天空似的，太阳迟迟不愿离去。它把天边映得绯红绯红的，如轻纱，似薄雾，就那么浮在天边。

又过了一会儿，太阳落下了，只留下了一点点的残光。时不时有大雁飞过，也时不时有白鸽飞过。

太阳留下的光还是那么美，让我留恋。落日多美啊，让人遐思无限。不管是夕阳西沉，还是夜幕降临，那窗外的景色都深深地印在我的心头。

◆ 教师评语 ◆

文章语言优美，把日落时天空、云彩的变化生动地描绘了出来，写景的过程中动静结合，将自己的感受融入其中，描写得有滋有味。

（指导教师：葛娟）

日落即景

刘紫涵　11岁

大自然有许多雄伟壮观的自然景观。其中，我最为欣赏的就是那美丽的日落。

傍晚，夕阳西沉，最美的是天空。夕阳将天边的云朵染成一片片红霞。一会儿，一匹骏马跑了过来；一会儿，一座座山高高屹立在天空；一会儿，一朵红花悄悄绽放；一会儿，一团熊熊的烈火燃烧起来……多彩的红霞，显得更加神奇。红彤彤的夕阳悬挂在西方群山之上，似嵌在这里一般，放射出橘红色的光芒。如同一种染料，把小孩子的脸染红了，把白狗变成红色的了，把黑母鸡变成紫檀色的了。她也染红了城市，城市仿佛披上了一件红色的披风，犹如战士们一样，屹立在那儿。

天边一片朦胧。在那轻盈的面纱下，似乎有一位红衣仙女正在跳着优美的舞蹈，她扭动着纤细的腰，自由地旋转跳跃。放眼望去，整个城市在夕阳的照耀下镀上了一层金色的边。

时间在流逝，可任性的夕阳又像一个调皮的孩子，缠着云朵儿玩捉迷藏。善良的云朵儿答应了她，只见夕阳顽皮地躲到房屋后面去了。云朵儿玩累了，便无奈地抛下了正在得意扬扬的夕阳。鸟儿早已归林，云朵儿也已散尽，广阔的天空中，只留下沾沾自喜的夕阳。

日落虽然美，可惜时间太短，犹如昙花一现，真是“夕阳无限好，只是近黄昏”啊！

◆ 教师评语 ◆

习作结构严谨、内容完整，先总写城市傍晚的整体氛围，然后分述自然美景和人物活动的景象，以静衬动，详略得当。运用贴切的比喻突出了自然之景柔美的特点，同时也体现了城市傍晚一派祥和的特点。

（指导教师：肖乐）

白云即景

曹仕轩　12 岁

天空仿佛是一块巨大的蓝幕布，挂在我们上方。那变化无穷的白云，更是令人心旷神怡。

一朵朵白云仿佛是冬天还未融化的残雪，飘到了天上，它们在天空中慢慢悠悠地走着。这时，整个天空便成了一幅嵌着浮点的画，像是有心人为白云设计的镜匣。

那些云仿佛是一群小绵羊，它们在草地上打滚、吃草，我好像听到了它们的欢笑声。突然，旁边有一片白云一翻身，变成了一匹狼向羊群奔去。那狼气势汹汹，毫不亚于雄鹰起飞，游隼俯冲。绵羊大喊一声“七十二变”，就变成了一头威猛的雄狮，两者互搏。此时此刻，远处又出现了一位猎人，拿着猎枪，瞄准狼和狮子，真是“鹬蚌相争，渔翁得利”啊！

一股强风刮来，云群突然散开了些，露出了一片蔚蓝的天空。这时的天空就像一幅画，任由白云随风涂鸦。有的白云聚集在一起，仿佛是一座冰山，又仿佛是在开一个重大的会议。

云的变化无穷，告诉我一个哲理：世间所有的事情随时有可能发生转变，所以我们要有随机应变的能力，这样才会使得事情遂人心愿。

◆ 教师评语 ◆

小作者写作思路清晰，描写生动，文笔优美，贴切形象。使用比喻和拟人的修辞手法，描写了白云变化的动态美，结尾使文章的主题升华。

（指导教师：田芳）

大自然的宴会

吕悠岚　12 岁

清晨醒来，映入眼帘的是一个银白色的世界。

“忽如一夜春风来，千树万树梨花开。”作为大自然的舞者，天空是宽广的舞池，风是那柔和的旋律，而成千上万的雪花正伴随着优美的旋律翩翩起舞。柳树为了赶赴盛宴，特意佩戴上了一副晶莹剔透的银耳环。路边的灌木丛也仿佛一个个穿白绒衣的卫兵在站岗放哨。最有趣的是，许多大树和房屋都戴上了一顶顶白帽子，披上了一件件白披风。

调皮的小松鼠像飞鸟一样，满树林里跑，从这棵树跳到那棵树，引得树枝上的雪花纷纷落下；聪明的小乌龟早已躲在自己暖和的小屋里，把头和四条腿都缩进龟壳中，呼呼大睡；小狗熊紧紧关上大门，盼望着春天的到来；变成飞蛾的蚕宝宝早已产下卵，等待明年春暖花开。一个个崭新的小生命来到这个五彩缤纷的世界，开始一段全新且丰富的生命旅程……

孩子们出来了。原本寂静的雪地在霎时洒满了欢声笑语。瞧，一群孩子正在专心致志地堆雪人。他们先把雪滚成一大一小的雪球，把小雪球安在大雪球上面，再安上眼睛、鼻子、嘴巴以及双手，最后一个调皮的孩子从家里偷出妈妈的外套和帽子给雪人穿上。转眼间，眼前就出现了一个白白胖胖的雪人，像极了天真的他们。看，还有一群孩子在那边你追我赶打雪仗呢。你扔我一个雪球，我扔一个更大的雪球。没过一会儿，孩子们身

上便布满了雪花，仿佛就是一个个活生生的小雪人，小脸蛋和小手冻得通红通红的。

雪是洁白的，是冰冷的，又是温暖的。农民伯伯看到的是来年的丰收，小朋友感受到的是欢乐，爷爷奶奶体会到的是祥和。

◆ 教师评语 ◆

细腻的描写，离不开小作者细致地观察和对大自然的感知。

（指导教师：项兆娴）

温暖的夜

张子墨　12岁

一个风雪交加的夜晚，寒风像野兽一样怒吼着，鹅毛般的大雪覆盖着大地，到处白茫茫的。

街道拐角的路灯下坐着一位流浪汉和他收养的一只小黑狗。他的肩上披着单薄的衣服，小黑狗把脑袋埋在他的怀里，时不时地发出几声哀鸣。

他的鞋已经被磨得破烂不堪，脚趾都露在了外面，寒风肆意地吹着他那头蓬乱的长发，借着灯光隐约能看见他那张沧桑的脸，但是判断不出他的年纪。他们就这样蜷缩在那里，任由狂风呼啸着。

风继续发着怒，地上的雪也越来越厚，街边的树在昏暗的灯光下狂舞。

一位拾荒老人从远处艰难地朝这边走过来，慢慢靠近了他们，他应该是听到了小黑狗的哀鸣。终于，他找到了他们——瑟瑟发抖的流浪汉和那只小黑狗。

老人放下了背上的那个空袋子，直起了腰，在随身的麻布包里，小心翼翼地摸索着什么。是钱！二十三块三毛，二十三块八毛，二十六块五毛……整整三十一元。他又背上了那个空袋子，淹没在了无边的风雪里。

雪下得更大了，大片大片的雪花从天空中撒落下来，风声更大了，淹没了哀鸣声。

远处，朦胧中有一个人影在晃动，哦！是那个拾荒老人！他蹒跚着跌跌撞撞地向这边奔来，因为太着急，连续摔倒了好几次。怀里仿佛还抱着什么，即使是摔倒了也将胸口捂得紧紧的。

过了一会儿，老人又来到了这里，将怀里刚买来的热乎乎的三个馒头塞给了流浪汉。接着又利索地将外套脱了下来，盖在流浪汉的身上，缓缓蹲下身子抚摸着小黑狗，看着他们狼吞虎咽地吃起来。

雪停了，风渐渐小了，天空中出现了一抹鱼肚白。

过了一会儿，老人站起身消失在这白茫茫的世界里。流浪汉和小黑狗安详地睡着了，他们的身旁还放着一双手套和那个装着三十一元的麻布包。

◆教师评语◆

小作者细腻的文笔将场景描绘得栩栩如生，画面感极强。文中小黑狗

的哀鸣，成为一道独特的线索贯穿始终。巧妙的环境描写，融情于景、情景交融。

（指导教师：李晓岚）

清晨一瞥

李元赫　12 岁

清晨，我早早地醒来。周围是一片静寂，窗外亦是如此。

天空中，太阳公公并没有出现，只有一片片白雾悠然地飘着，朦胧中可以看到远处一座座的高楼。近看楼下，人很少，偶尔会有一两个人在晨跑锻炼。楼下的几棵大树，已经被秋姑娘的画笔染成了橙色的。清晨，鸟儿优美地鸣叫，远处车子发出的声音，缓缓涌入耳膜，令人心旷神怡。

我闲逸的心情和这静寂、充满活力的清晨，是多么的和谐呀！

一阵微风吹拂而来，我神清气爽，多想下楼拥抱这怡人的气候！

秋天的清晨，并没有夏天那样炎热，也没有冬天的寒冷，可以说秋天的清晨是最清爽的了。

我简单地吃了点早饭，便下楼走进这份美好中。

◆教师评语◆

清晨一瞥，瞥见的不仅有景致的不同，更有心理的变化。清晨正是少年读书时，相信你在这个清晨会有不一样的收获。

（指导教师：刘晓娜）

清晨一瞥

彭柏霖　12 岁

清晨，我从梦中醒来，下床拉开窗帘，见到一群鸟儿欢快地飞过树梢。打扫卫生和浇水的工人们也已经在干活了。树、花、小草们也已经从梦中醒来。

走进客厅，发现妈妈还没有起床。我又在客厅里转了几圈，走进另外一个地方——书房。

进入书房，放眼望去，天还没有完全亮，鸟儿在窗外叫着。我看了看表，已经 7 点多了，于是坐下来，掏出我的作业本开始做作业。正当我马上就要写完这一项作业时，妈妈出来了，看到我说："儿子你真棒！一大早

就起来写作业了。”

我觉得，清晨不仅是观赏美好风景的好时段，还是读书、写作业的好时机。所以，我们现在就要把早晨时光利用起来，珍惜我们现在的每一秒，不要浪费生命。

◆ 教师评语 ◆

早起的鸟儿有虫吃，早起的少年有志向。文章中不仅有对景致的描写，还融入自己的情感，以及自己的醒悟。我坚信，只要用心，做任何事都能成功。

（指导教师：刘晓娜）

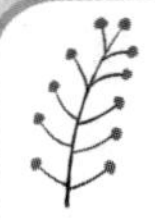

草木有情

梅　花

杨鹏杰　7 岁

今天，我和妈妈在院子里散步，看见了一树梅花。鹅黄色的小花，像一个个小铃铛挂在树上，很好看，闻起来也非常香。这让我突然想起元代诗人王冕的一首诗——《墨梅》。于是，我大声地背给妈妈听："我家洗砚池头树，朵朵花开淡墨痕。不要人夸颜色好，只留清气满乾坤。"

◆ 教师评语 ◆

文笔优美，描写细致，运用比喻的修辞手法凸显梅花的美丽。文末引用的古诗，更是为日记增辉不少。

（指导教师：雷赟）

有趣的小鱼

刘一涵　9 岁

今天，我走到阳台的时候，发现家里养的小鱼可真有趣。

小鱼的眼睛圆溜溜的，尾巴就像扇子一样。它在太阳光下懒洋洋地游动着，所以每次我都觉得它是不怕热的，它正在用尾巴当扇子。也不知道它是不是太无聊了，所以眼一直盯着外面的一举一动，想必是看看人们在怎样生活。

我还发现小鱼的一个特点，那就是每当我去看它的时候，它的嘴巴有的时候噘成小圆球，有的时候撇成一个“一”字，有的时候奇形怪状的。我总是觉得它想要跟我说些什么话，但是它到底在说些什么呢？当然我也不知道啦。不过我知道所有鱼类都有一个共同的特点：它们都是睁着眼睛睡觉的，和我们人类不一样。

原来，小鱼有这么多秘密，我们家的小鱼可真有趣！

◆ 教师评语 ◆

习作细致观察了小鱼的动作，熟练地使用了比喻、排比等修辞手法，内容丰富，语言优美，很棒！

（指导教师：张亚楠）

有趣的猪笼草

曹峻领　9岁

没事的时候，我会托着头琢磨猪笼草是怎么一回事。想不出来，我就和爸爸妈妈去找资料，不一会儿，就找到了《植物百科全书》，便津津有味地看了起来。

猪笼草生长在我国广东的西南部，主要生长在沼泽地、路边、山腰、山顶、灌木丛中、草地上、林下等地方。猪笼草为多年藤本植物，攀缘在树木上或沿地面而生。叶片一般是长椭圆形，末端有笼蔓，以便于攀缘。在笼蔓的末端会形成一个瓶状或漏斗状的捕虫笼，并且带有笼盖。它生长多年后才会开花。雌雄异株，花小而平淡，白天味道是淡的，略香；傍晚味道是浓浓的，略臭。

猪笼草也是捕虫能手。当新的叶片长出来时，在笼蔓的末端便已带有一个捕虫笼的雏形。初期，这个雏形的表面覆有一层细茸毛，成长的过程中会逐渐脱落。捕虫笼一开始是黄褐色的，比较扁平，长到1～3厘米时，会渐渐转为绿色，并且开始膨胀。笼盖打开后会继续发育，变宽变大，这时捕笼已经成熟，过几天后就可以观察到有昆虫落入其中。

多么有趣的猪笼草啊！原来，植物中也有这么大的学问。

◆ 教师评语 ◆

习作内容丰富，详细介绍了猪笼草的生长环境和捕虫的特点。可将观察的专业化语言转化成自己的语言，这样小读者们读起来才更清楚。

（指导教师：张亚楠）

聪明的蚂蚁

栗明阳　9 岁

以前，我一直认为蚂蚁是一种弱小的昆虫，直到今天我才知道，它们团结起来的时候力量非常大！不信，听我慢慢讲。

今天中午，我在一棵大树下发现了很多小蚂蚁，好奇心使我蹲了下来仔细观察它们。小蚂蚁越来越多，这时我发现小蚂蚁在大路上碰到小伙伴后，就会用触角碰碰对方。它们还会时不时地朝对方摆动自己的触角，似乎在急切地交流着什么，而且它们好像都在朝着一个方向移动。顺着移动路线，我看到了一只又肥又大的虫子，原来蚂蚁们正在对那只虫子发起“进攻”。离目标越来越近了，只见它们不慌不忙地抬着大虫子，把它送回了蚂蚁洞。

这使我产生了疑问：蚂蚁不会说话，那用什么方式交流的呢？我带着疑问查阅了资料。原来，它们是通过触角交流的，蚂蚁还可以用触角辨别气味，从而判断食物和水源的位置。

蚂蚁可真聪明呀！通过这次观察，我知道了不同的动物有不同的交流方式。更重要的是，我还从蚂蚁身上学到了团结、勤劳和不怕困难的优秀品质。

◆ 教师评语 ◆

观察认真、仔细，详细介绍了蚂蚁的习性，了解了蚂蚁是如何交流的。小作者能够悉心观察现象、发现问题后提问，并进行一些理性思考，很棒！

（指导教师：张亚楠）

我的太阳花

刘凯文　9岁

有一天，邻居家的奶奶送了我一盆太阳花。

早上，我下楼看了看这盆太阳花，发现太阳花懒洋洋地合拢着它那翠绿的花苞，就像一个没睡醒的小孩子一样。

中午的时候，随着一缕金光从东方照射下来，太阳花那翠绿的花苞也慢慢张开了，露出了嫩黄色的花蕊。渐渐地，太阳花的花瓣完全张开了，一阵阵微风吹来，那香味儿扑鼻而来。

傍晚，夕阳西下。太阳花的脑袋也慢慢转向西边。花苞悄悄合拢，橙黄色的花瓣也被包裹住了。

太阳花的变化真有趣，我更加喜爱太阳花了。

◆ 教师评语 ◆

习作描写了太阳花的美丽，详细地介绍了太阳花在不同时段的变化，语言优美，吸引读者。

（指导教师：张亚楠）

我家来了“新朋友”

杨谦益　9 岁

班里的同学们，有的有猫，有的有狗，我也好想拥有自己的宠物啊！

这样我就可以跟它做好朋友了。

我把这个愿望告诉了妈妈，到了我生日那天，家里突然多了一个鱼缸，这是一个多么惊喜的礼物啊！我在里面种了海草，放了点贝壳，做完这些事就可以去买鱼了。妈妈给我买了两条鱼：一条鱼全身红色，漂亮极了；另一条是金黄色的，身子跟皮球一样圆。

它俩来到新家，都在转悠。它俩一会儿钻进贝壳里，一会儿游进海草里，一会儿游到海螺上面。小红鱼动作很敏捷，游得飞快。我发现小黄鱼一直在边上游，不时看一下玻璃，好像在照镜子一样。而小红鱼总是在贝壳里，像是在跟小黄鱼捉迷藏。

我给它们喂食的时候，刚把食物放进去时它俩还不吃，等我走远以后，它俩就开始狼吞虎咽地吃起来。我再回来时，发现它俩早就吃完啦，尤其是小黄鱼的肚子更圆了。

我开心的时候、难过的时候，都要坐在鱼缸边看它俩。慢慢地，现在它们成了我朝夕相依相惜的最好的朋友。

◆教师评语◆

作文结构合理，内容完整。熟练运用修辞手法和流畅的语言，详细写出了小鱼在鱼缸中游、吃食这两件事，写得生动形象，有滋有味。

（指导教师：张亚楠）

美丽的银杏树

吴嘉珩 9岁

银杏树的样子随着四季的变化而变化，非常美丽。

当春天的脚步悄悄来临时，银杏树长出了嫩绿色的叶子，满树的叶子不断长大，最后长成了一片片绿色的小扇子。

夏天来临，满树的银杏叶颜色变得更绿，叶片变得更大啦！银杏树枝繁叶茂，人们可以在树下乘凉，下过一场雨后，银杏树被洗得亮闪闪的，一把把小扇子给我们带来了阵阵凉爽。

秋天的银杏树叶最迷人。满树鲜绿的小扇子变成金黄色的小扇子。一阵秋风吹过，金黄色的小扇子纷纷降落，好像一只只蝴蝶在空中飞舞。当人们轻轻地踩在落叶上，就会听见“沙沙”的响声，这声音是秋天最美的乐章。

冬天到了，银杏树只剩下光秃秃的树枝。虽然没有漂亮的衣服，但是银杏树丝毫不怕冬天的寒冷，它依然笔直地站立在寒风中丝毫不动。

我爱银杏树，爱它一年四季一脉相承而又有所不同的风采。

◆ 教师评语 ◆

习作语言优美，能熟练使用比喻、拟人等修辞手法，灵动地描绘了银

杏树一年四季的变化与美丽。

（指导教师：张亚楠）

梅　花

郑佳乐　9岁

大雪纷飞，公园成了银装素裹的世界，我边踏雪边赏景，慢慢地往前走着。忽然间闻到了一阵清香，走近一看，原来是梅花开了。

梅花已经开了不少了。有的才展开两三片花瓣；有的花瓣全展开了，露出了可爱的小花蕊；有的还是花骨朵儿，看起来饱胀得马上要破裂似的；也有的花骨朵儿还紧紧地包着，摸上去硬硬的。

梅花是红色的，一朵一朵点缀在被白雪覆盖的枝头，像一个个小音符在枝头上跳跃。

梅花是“花中四君子”之一，她不畏严寒，天气越冷开得越旺。大雪纷飞，梅花依然傲立枝头，花瓣被冰雪覆盖，晶莹剔透。这不禁让我想起王安石著名的咏梅诗“墙角数枝梅，凌寒独自开。遥知不是雪，为有暗香来”。

梅花是高洁的。每当看到在大雪纷飞中傲然怒放的梅花，让我不由得

想起了在艰难困苦的环境中依然顽强生活的人。我敬畏梅花，更敬畏像梅花一样坚强不屈的人。

梅花是美丽的，她不与别的花争春，在寒冬时节给大自然增添一份美丽，给人们带来一抹热情的红色。

啊！梅花，我爱你！

◆ 教师评语 ◆

小作者善于观察，用比喻、拟人等手法写出了梅花的形态、颜色和品质，充满了对梅花的喜爱和赞美之情，是一篇佳作。

（指导教师：赵首梅）

奇妙的丝瓜藤

王国裕　10岁

我们家有一个小院，四周有一圈矮矮的围墙，我和妹妹经常在这矮墙内的小院里嬉戏打闹。

一天，我们正在院里挖土玩的时候，突然瞥见长廊的脚下有一根细细的丝瓜藤，正悄悄地从木长廊和地面防水砖之间的缝隙内探出头来，用它细嫩的枝叶好奇地打量着这个神奇的世界。这根细小的丝瓜藤让我和妹妹顿时兴奋起来，我们围着丝瓜藤看了又看，丝瓜藤那么细，丝瓜叶那么娇嫩，居然能穿过木长廊和地面防水砖，努力茁壮成长。看来，它也是个坚强的孩子啊！

之后的日子里，丝瓜藤越长越长，越长越粗，叶子也越来越厚实。不久，藤上的叶柄处开出了一些淡黄色的小花。花儿们在阳光下仰着神气的脸庞，好像在微笑一样，偶尔还有几只小蜜蜂在小花上飞来飞去，在和它们聊天，可亲热了。

有一天，我惊喜地发现，藤上之前开花的地方，花儿都不见了，取而代之的是许多根细细的小丝瓜！丝瓜小得就像婴儿的手指一样，妹妹忍不住想踮着脚尖去摸它们，想热情地和它们“握手”，被妈妈阻止了。妈妈说，摸过的小丝瓜就长不大了。这些可爱的小丝瓜在我们的欢声笑语中逐渐长大了，绿油油、水灵灵的样子也吸引了院子里很多邻居的目光。他们经常对我说：“这可是真正的绿色、无污染、很环保的丝瓜呀！嗨，干脆摘下来吧。”虽然这么说，可是谁也不忍心去摘掉这些绿色的精灵。

现在，虽然秋天了，可是这些丝瓜藤仍在努力地生长着。希望明年可以结出更多更好的丝瓜来。

◆ 教师评语 ◆

在悉心的连续观察后，真实地写出了丝瓜的生长过程，这很难得和可贵。从不经意的语句中，展现出了小作者孜孜不倦的精神和强烈的求知欲望，好样的！

（指导教师：任炎敏）

小闹钟

林锦峰　12 岁

我有一个小闹钟，那是妈妈送我的生日礼物。

闹钟十分精致。全身都是绿色，并且长着大大的眼睛，手和脚不算太长，还有一个圆圆的肚子像极了一只绿色的小青蛙。在它的肚子里有一个漂亮的表盘，表盘里有 1 到 12 的 12 个数字，数字的颜色五彩缤纷。青蛙的肚子里还有四个兄弟：老大是时针，老二是分针，老三是秒针，老四是定时针。老三跑一圈时，老二只是动了一下，当老二走了一圈的时候，老大仅仅走了一小步，而老四则需要小主人手动控制。这是多么有趣呀！

定时针的用处相当大。每当我置身于梦中时，它便会喊着“懒虫起床啦！懒虫起床啦！懒虫起床，懒虫起床……”把我叫醒，使我上课不迟到。有一次，由于我玩得太高兴了，差点玩过头。要不是这个小闹钟的温馨提示，我想我肯定会因为迟到而被老师批评。

每当有什么不开心的事时，我都会跟这个小闹钟诉说。它“嘀嗒嘀嗒”的响声，好像是在安慰我一样。每当我不想写作业想偷懒时，它又在“嘀嗒嘀嗒”地响，好像是在严肃地告诉我：“要认真写作业，不可以偷懒。”当我写完作业时，它又在“嘀嗒嘀嗒”响，好像在说：“你可以出去玩了。”每天晚上睡觉前我都会跟它说句：“晚安。”它也会“嘀嗒嘀嗒”回我一句：“晚安。”

这就是我的小闹钟，它每次都会提醒我“一寸光明一寸金，寸金难买寸光阴”。让我知道要珍惜时间，我非常喜欢它。

◆ 教师评语 ◆

太棒了！小作者的这篇文章，语言流畅，优美至极，笔锋具有征服力和感染力。努力吧，再创辉煌。

（指导教师：孙晴）

大葫芦

石季然　9岁

今天爸爸回到家，手里拿着一个非常大的葫芦，我可是第一次见到这么大的葫芦！

这个葫芦是绿色的，摸起来很厚实，拿起来很重。葫芦身上长着一些毛，就像它身上穿着一身毛衣一样。我想：以后它会不会变色？过了几天，我发现葫芦变小了一点点，真的像我说的葫芦变轻了，而且也变黄了呢。

我轻轻地摇了摇葫芦，里面那些种子发出了“沙沙沙沙”的声音。它从上到下全是金黄金黄的，就像一个用金子做的葫芦。现在的它摸起来很是光滑，可它也有一些很小的洞洞，我觉得它很可爱。

原来，葫芦能变颜色啊，我下一次一定要留心观察。

◆ 教师评语 ◆

小作者观察得十分细致，运用了多种感官观察葫芦，词语积累丰富，运用了拟声词“沙沙沙沙”，还加入了自己的思考和想法。值得点赞！

（指导教师：李伟伟）

水仙花

洪子涵　10 岁

有人喜欢“墙角数枝梅，凌寒独自开”的梅花，有人喜欢“接天莲叶无穷碧，映日荷花别样红”的荷花，还有人喜欢“桃花春色暖先开，明媚谁人不看来”的桃花。而我却唯独喜欢“凌波仙子生尘袜，水上轻盈步微

月”的水仙花。

妈妈从花卉市场上买回来一盆水仙花。它的茎圆圆的，像一头大蒜，白白胖胖的，下面长着弯弯曲曲的须根，很像老爷爷的白胡须。它苍翠挺拔的叶子又细又长，仿佛一把把绿剑。我天天都盼望它早日开花。

过了几天，我发现水仙花的叶子长高了很多，郁郁葱葱的叶丛间长出了一根根圆的茎，茎上长了许多小花苞，乳白色的花瓣紧紧地抱在一起，像许多小孩子抱在一起。

又过了好多天，我家的水仙花终于开花了。水仙花展开白蝴蝶翅膀般的花瓣，中间的部分像一个小黄碗，从碗中探出小喇叭似的花蕊，显得那么高贵淡雅。花半开着，洁白的花瓣像晶莹的雪花，淡黄色的花蕊从花瓣间害羞地探出头来。我低下头，将鼻子凑到花前闻了闻，一股清香沁入肺腑。这让我惊叹：“水仙花真漂亮呀！水仙花的香味也让人陶醉。”

我爱我家的水仙花，爱它的典雅与高贵，爱它的美丽与芬芳！

◆ 教师评语 ◆

看着这篇文章仿佛看到了含苞怒放水仙花，字里行间都流露着对水仙花的无比喜爱。习作观察细致，语言流畅，生动自然，很是不错。

（指导教师：任炎敏）

袋鼠的自述

宋雯希　12岁

大家好！我是一只可爱的袋鼠，生活在澳大利亚，是哺乳动物中的典型代表，还是哺乳动物中的跳高、跳远的冠军呢。

你是否知道，我们袋鼠为什么出生后要在妈妈的育儿袋里待上六七个月吗？因为，我们都是早产儿，就像人类早产的孩子一样。出生过早了，就得在保温箱里多度过一段时间，而妈妈的育儿袋就相当于人类的保温箱。

我们最多能有100多只袋鼠在一起居住，大家一般在夜间互动，很少在白天活动。我们喜欢吃低矮、湿润的草，长得高、干燥的草要留给个子高的动物。

说起我们的特点我很自豪，因为我们长期用后肢跳跃，后肢变得发达，所以我们袋鼠最高能跳4米，而人类跳高记录也只有2米多。我们最远能跳13米，而人类最远只能跳8.9米。可以说得上是天壤之别。人类根据我们跳得远的特点，发明了助跑机；根据我们跳得高的特点，发明了无轮汽车跳跃机，畅通无阻地行走在田野和沙漠上。看到有这么多的东西，都是依据我们袋鼠的特长所发明的，我不禁感到很自豪。

我还有一条粗壮的大尾巴，在跳跃时起到平衡作用，遇到敌人时也能充当武器，在休息时还能当拐杖支撑身体，可以说一物多用，厉害吧。如果你想知道更多关于我们袋鼠的知识，就快到澳大利亚和我们玩吧！

◆ 教师评语 ◆

拟定的题目特别新颖。文章用自述的方式来介绍袋鼠，给人以耳目一新的感觉。在开门见山的独白中，在与人类的比较中，让我们从不同角度认识了袋鼠。

（指导教师：孙晴）

第四章

青青校园

母校情深

我的校园

张梓轩　7 岁

春天来了，校园里的桃花像小雨，纷纷落下来，唤醒了大地，让校园充满生机。在安静的操场上，同学们在操场上踢球、做操、跑步……

每到周一，我就会见到我们学校的李校长。李校长很和气，在升旗仪式上给我们讲动听的故事，在校车走时他挥手送别。我爱我们亲爱的李校长，我爱我们温暖舒适的校园。

◆ 教师评语 ◆

校园里的景物，校园的操场，还有和气的校长，都是爱的源泉。希望小朋友，在爱的环境中健康快乐地茁壮成长哦。

（指导教师：王艳培）

想　念

张一然　7 岁

假期第一天，我有点想念学校。上午写完作业，妈妈问我："中午吃什么呢？"我开心地说："今天是汉堡日。"妈妈说："还要喝什么吗？"我说："冰可乐吧。"妈妈说："你喝冰可乐，肚子痛怎么办？""那我在家好好休息 30 天，慢慢好。"我哈哈哈地笑了起来。

◆ 教师评语 ◆

小朋友好幽默啊！原来"汉堡日"是小朋友的最爱。开学后每月的"汉堡日"，都会过得很有趣。

（指导教师：闫娟）

坚　持

黄利为　9 岁

做一件事很简单，每天都坚持做一件事不简单，可我们学校的李建华校长却做到了。

李校长的“每天 60 秒”至今已经坚持 379 天了。我每天都会听李校长的录音，老师曾经给我们讲过，李校长每次录音都花了不少心血，有时候可能一录就是 5 个小时。汽车的鸣笛声、切菜发出的声音、手机电话铃声和孩子的哭闹声等，任何一种杂音都有可能让录到一半或快要录完的录音停下来重新录。但李校长依旧每天坚持，从不间断。

我深深地体会到了李校长的用心和不易，同时我把李校长当成我的榜样。我也一直在坚持每天打卡、配音、读小 i English。打卡和配音现在已经坚持 400 多天了，我还会继续坚持下去。而小 i English 至今也已经坚持了 486 天，后续我也会继续坚持下去，下一个阶段的目标是挑战 1000 天。

不过，我其实也有没有坚持做下去的事情，比如拉小提琴和背古诗。但是，当我听完今天的“校长 60 秒——最美少年”之后，我深受启发，下定决心要把这些曾经半途而废的事情重新拾起，每天坚持背一首古诗，坚持拉半个小时的小提琴。

坚持是一种态度，坚持是一种习惯，坚持更是一种收获。相信我的坚持，会给我带来意想不到的收获，助我在成长的路上砥砺前行。

◆ 教师评语 ◆

文如其人，文章朴实无华。贵在坚持，坚持就是胜利。我坚信：小朋友坚持以李校长的坚持为榜样，一定会收获一个更好的未来。

（指导教师：孟少丹）

美丽的操场

杨晶伊　9 岁

我们学校有一个美丽的操场，操场上有足球场、乒乓球场，还有篮球场、升旗台和两只可爱的小羊。

春天，升旗台周围的梧桐树发芽了，我们站在升旗台下升旗时，五星红旗徐徐升起，微风拂过，吹在脸上真舒服呀。

夏天，下课了。同学们都喜欢到操场上玩耍。有的在太阳下懒洋洋地晒太阳；有的在树荫下做游戏；有的跑来跑去，满头大汗。

秋天，梧桐树的叶子变黄了，落叶纷纷扬扬地落下来，铺满了整个操场。

冬天，树上的叶子落光了，操场就像一个孤独的老爷爷。一场雪花飘落，同学们兴奋地奔向操场，快乐地游戏。

我们的操场一年四季景色不同，真是既美丽又热闹。

◆ 教师评语 ◆

小作者按照时间顺序，通过细心观察，记录了学校美丽的操场，运用拟人、排比的修辞手法，使文章更加生动活泼，更有趣。

（指导教师：孟少丹）

升旗仪式

袁　哲　9 岁

我是郑州艾瑞德国际学校的一名三年级学生，我们学校的课外活动非常丰富，比如升旗仪式、运动会、研学活动和国际周等。在这些活动中，我印象最深的是升旗仪式。

每周一的早上，学校都会举行升旗仪式。铃声一响，我们就在老师带

领下，排着整齐的队伍来到操场上，表情严肃，等待国旗升起。音乐响起时，四位护旗手捧着国旗的四个角，迈着整齐而有序的步伐从操场走到旗杆下。接着，一位护旗手把国旗系在旗杆上，另一位升旗手在国歌响起的时候把国旗用力一挥，国旗展开了。然后，由另外一位升旗手负责把国旗升起来。伴随着国歌的进行，国旗升得越来越高。少先队员们敬着礼、唱着国歌，目不转睛地盯着缓缓升起的国旗。

国歌奏完，国旗也分秒不差地升到了旗杆的顶端。鲜红的国旗在阳光的照耀下显得格外鲜艳。我们看着国旗，心里万分激动。这是我见过最美的国旗，最美的景象！

我为什么喜欢升旗仪式呢？因为它可以激发我们的爱国之情。那一抹中国红，分外夺人心魄！我爱你，五星红旗；我爱你，我们伟大的祖国！

◆ 教师评语 ◆

本文详细地记叙了观看学校升旗仪式的整个过程，字里行间真情意切，行文流畅，富有画面感，是一篇佳作。

（指导教师：李伟伟）

我爱图书馆

宋依凝　9岁

一转眼，我在艾瑞德这个大家庭中生活了三年，现在已经是三年级四班的一名少先队员了。

记得第一次走进艾瑞德的时候，我立刻就被这所学校干净、优美的环境所吸引，校园里哥哥姐姐们的队伍走得整齐又笔直，教室里传来的琅琅读书声悦耳极了。后来，当我真正成为这里的一分子，我才知道“干净、有序、读书”就是艾瑞德的校风。

在这所学校，让我真正爱上了阅读，也爱上了我们这个与众不同的图书馆。我第一次来到图书馆时，就被它的美给迷住了。红砖色的外墙，宽大透明的大门，门口还有几只踱来踱去的白鸽，让人心旷神怡。走进图书馆，首先映入眼帘的是一座巨型船舵，好像要载着我们畅游在书的海洋里。再往里走就可以看到一排排形状各异的书架，仿佛是一座座知识的长廊。在这里，每一块地板都一尘不染，每一个书架上摆放的书都像卫兵列队一样整齐。最特别的还要数图书架上小小的提示牌，上面印着各种不同的图案和提示。《木偶奇遇记》中的匹诺曹下面标示着“请让我排队站好，我不喜欢躺下哦”；《小美人鱼》中的爱丽儿下面标示着“我要像卫兵一样站得整整齐齐”；《灰姑娘》中的仙蒂下面标示着“我喜欢排队，不喜欢乱散散地倒在书架上哦”……这些可爱又俏皮的小小提示牌，既给图书馆添加了几分温馨，又温柔地提示着同学们要时刻谨记“干净、有序、读书”。

自从我爱上了这座图书馆，就越来越喜欢读书了。读书丰富了我的知识，也增长了我的智慧，更重要的是读书能让我们的心灵充实，在书中得到成长。

瞧！这就是艾瑞德学校与众不同的图书馆。在接下来的学习生活中，你可以经常在那里见到我哦。

◆ 教师评语 ◆

文章简洁明快，语言准确生动，情感丰富而真实。通过对图书馆细节的描写，表达了对学校图书馆的喜爱之情，是一篇佳作。

（指导教师：李伟伟）

坚持，再坚持下

李昊明　9 岁

人生的路不是一帆风顺的，在面对失败、挫折、痛苦的时候，往往有人会有不同的选择：坚持、退缩，或者是半途而废。而坚持，却是一种难能可贵的精神。有的同学坚持，是为了被老师表扬；有的同学坚持，是为了自己的未来；有的同学坚持，是为了得到自己想要的东西。总之，每个人坚持的背后，都有自己的理由。

李校长每天坚持的“校长60秒”，今天是第378天了。李校长说，他一想到第二天会有学生期待着“校长60秒”，高兴地讨论“校长60秒”，关注今天是哪个同学的生日了，哪个老师的生日了，哪个同学和哪个老师同一天生日了……李校长都会很激动，不管多累，都会坚持录“校长60秒”。原来，坚持是让人快乐的源泉。

妈妈每天坚持拍手势舞，坚持发朋友圈，记录着妈妈与病魔抗争的每一天，今天已经是妈妈坚持的第1249天！我觉得妈妈很棒，很勇敢。妈妈说，多坚持一天，就可以陪我和哥哥在长大的路上，多幸福一天。原来，坚持是妈妈活下去的幸福的信念。

我每天坚持弹琴，坚持每天让朋友点歌，练习更多不同风格的歌曲，慢慢地我发现，我居然对音乐越来越喜欢，而且还可以很快弹出旋律来。原来，坚持就是我成长的阶梯。

还记得在运动会上，400米、800米、1500米的比赛，累得精疲力竭的同学们，在大家的加油呐喊声中，咬紧牙关，都坚持到了最后，在所有参赛运动员的坚持努力下，我们三年级一班最终取得了总分第一的好成绩。原来，坚持就是通往成功的必由之路。

在生活中，坚持也是必不可少的。当你想放弃的时候，请记住：坚持、坚持，再坚持，坚持就是胜利。

◆ 教师评语 ◆

小作者字里行间充满了正能量。文章读来让人振奋，感动不已。愿小

朋友们在人生路上，做到坚持不懈，实现自己的理想。

（指导教师：徐冠杰）

坚持的力量

赫子萱　12 岁

2020 年已悄然离去，2021 年如期而至。回忆 2020 年，我经历了许多挫折，但也收获了成功的喜悦，因为这一年我学会了坚持。

坚持就是日复一日，锲而不舍地去完成一件事。李时珍经过二十几年的不懈努力，访名医、尝药草，走遍了大半个中国，终于写成了医学名著——《本草纲目》。爱迪生因为孜孜不倦，反复实验，勇于求索才有了现在的一千多项的发明。“不教一日闲过”的齐白石，到了晚年也仍然坚持每天作画三幅，绘画技术达到了炉火纯青的地步。古今中外的名人，都是通过坚持才获得成功的。我虽然没有他们的丰功伟绩，但也通过坚持，尝到了成功的喜悦。

曾经的我做事不够细心，尤其在做数学作业时，总是错误不断，计算准确率低是我的一个大问题。奥数老师布置的每日计算我也是“三天打鱼

两天晒网”，一直达不到效果。所以这学期我下定决心，一定要改变。于是，每当我做完作业，总会打开那本已经被我翻得皱皱的《计算大练兵》，每天做一页的口算成了我坚持的目标。记得一开始，我的准确率很低，心里难免失落。但妈妈一直鼓励我，不要气馁，要找到原因，改进方法。于是，我更认真地看清题目，认真地书写，仔细地计算，慢慢地，我的准确率提高了。刚开始错几个题慢慢到只错一个题，直到全对，我的信心也越来越足，做数学题目时也越来越有把握了。“功夫不负有心人”，经过每天的练习，我在一次次的数学作业和考试中避免了许多计算和细节的错误。

坚持的过程难免枯燥，但如果你坚持地去做一件有意义的事，你就会享受到它带给你的喜悦。这次期末考试结束后，王老师在公布数学期末考试成绩时，我的心里既紧张又期待。当我听到我得了100分的好成绩，我激动得眼泪都掉下来了，我的努力没有白费！我兴奋得如同一只得到无数根肉骨头的狗狗，惊喜得内心涌起了一股暖流，我认为这是成就感，也是回报后的满足感。

付出总有回报，这次的好成绩，让我明白了坚持的力量是无穷的，它给予了我信心，让我充满了能量，去面对崭新的学习旅程。

◆教师评语◆

持之以恒，久必芬芳。作者用自己的学习进步经历，让人读之倍感真实、亲切，告诉读者们：坚持的力量之强大，坚持的果实之甜美，坚持的未来之美好。

（指导教师：葛娟）

一节难忘的公开课

伏震洲　9 岁

在学校发生过很多的事情，但是最让我难忘的是一节公开课，因为那节课是李校长给我们上的。在那之前，每当李校长给其他班上课的时候我们都特别羡慕，希望有一天李校长也可以来给我们上课。所以当老师告诉我们李校长要来给我们上课的时候，我们个个高兴得手舞足蹈，特别期待。

清脆而动听的上课铃响了，同学们都抱臂坐直，比平时都要投入和严肃，静静等待着李校长的到来。只见李校长面带微笑地拿着课本走了进来，班长喊："起立。"同学们非常整齐地站起来异口同声说："老师好。"李校长说："同学们好，请坐。"等同学们都坐下以后李校长微笑着说："我今天很高兴可以来给大家上课，今天我给大家要讲的内容是关于人民币的面值。"同学们都在聚精会神地听着。然后李校长又问我们："为什么人民币的面值有 1，2，5 等面值而没有 3，4，6，7，8，9 呢？"同学们听了也很疑惑，李校长看到我们疑惑的表情说："因为 1，2，5 通过加加减减都可以得到没有的这些数。"紧接着李校长又通过举例子的方式让我们来了解。

接下来，李校长为了加深我们对问题的理解，更是让我们分组，通过让我们自己当小老师，来到讲台前面给同学们讲解，这样我们的印象就更深刻了。最后李校长还让我们了解了其他国家的钱币，让我们对世界各国的钱币都有了一个简单的认识。

随着下课铃声的响起，这节生动有趣的公开课就结束了，但同学们还舍不得让李校长离开，都在围着他问各种各样的问题，李校长非常有耐心地回答我们的每一个问题。这就是我们敬爱的李校长为我们上的一节难忘的公开课，也是我印象最深刻的一节公开课。

◆ 教师评语 ◆

在小作者笔下，这节公开课越发令人难忘。小作者按照上课前、上课时、上课后的时序完整记录整堂公开课，逼真而具体。

（指导教师：黄俊）

我眼中的艾瑞德

王莅喆　9岁

周一早上，我和爸爸开着车子来到了美丽的校园，墙上的蔷薇花像一个个欢快的小姑娘，正在迎接我们呢。早上同学们的“你好”，蔷薇花的欢快，让我开启了一天的学习和学校生活。

早上去宿舍送行李箱的时候，走廊里安安静静的，当我走进宿舍时，看见里面干干净净的，像一面镜子。早上每一次的“校长 60 秒”，让我第一时间知道了每一天的讯息。“校长 60 秒”，每天不间断，我们应该向校长学习。坚持珍贵，贵在坚持！

每一次精彩的拓展课都给同学带来了笑容。同学们的练习和表现，老师都看在眼里，乐在心里。我的老师们，上课站在讲台上讲得口干舌燥。老师们非常辛苦，所以我们要尽好学生的本分。我的老师们会唱歌还会跳舞，真是多才多艺，样样精通，我喜欢我的老师。

我的同学们每一天都像一个个活泼又淘气的小精灵，有的学习好，有的体育好，有的画画好，各有所长，我非常喜欢和他们一起学习、玩耍。

认识艾瑞德快三年了，我眼里的她是美丽的、干净的、精彩的，我感谢她的教育，祝福艾瑞德越来越好。

◆ 教师评语 ◆

小作者眼中的艾瑞德是美丽的、干净的、精彩的。对宿舍趣事的描写，既具体又真实，既感动又富生机，让读者眼中浮现出艾瑞德的模样。祝福艾瑞德明天更美好。

（指导教师：黄俊）

宿舍趣事

李佳迅　9岁

下课了，黄老师带着住宿生们回宿舍，晚自习的老师带着走读生下楼。

发加餐的时候要先给走读生发，住宿生整队的人整队，女生和男生队比赛，哪一队先站好，就给哪一队先发加餐。

回到宿舍，先把鞋子换了，要不然地就会变脏。然后把行李箱打开，拿出明天要穿的衣服，叠好，放在枕头旁边。把行李箱合上，放到阳台上摆好，找老师要加餐。把牛奶给老师热一热，热好了和加餐一块儿吃。等我们吃饱喝足后就要洗漱。比如：洗脸、刷牙、洗脚。等屋里所有人都洗漱完了之后可以玩儿一会儿。我们屋一般都玩“谁是卧底”。游戏规则：一个人当主持人，他要给其他人分别说出一个词语，词语一样的是好人，词语不一样的是卧底。每个人依次用一句话来描述这个词语，可以说真话，也可以说假话。这一句话是要让好人听出来你也是好人，但不能让卧底知道你的词语，因为游戏结束后，卧底要猜好人的词语。在这之前，所有人投票给卧底，如果投出来的话，好人赢；如果没有投出来，卧底猜出来，卧底赢；卧底也没有猜出来，是平局。

每天我们都会盼望着回到宿舍玩游戏，也为美好的一天画上句号。

◆ 教师评语 ◆

小作者以精练、流畅的语言，详细描述出一日的在校生活，如眼前过电影一般。尤其是在宿舍做游戏时，大家都能感受到快乐。希望大家能一直这样快乐下去。

（指导教师：黄俊）

我的宿舍

胡雅心　9 岁

我的宿舍在四楼，一进去，就看到一张张干净的小床、一排排整齐的杯子，还有贴上标签的柜子，那里面总会有意想不到的惊喜。当然，还少不了亲切可爱的李老师，陪着我们度过一个个夜晚。

每次吃完午饭，还没到宿舍就听到了一片欢声笑语。推开门看一看，大家正在开心地聊着天，左一句右一句根本停不下来。“几点了？要关灯睡觉了”，宿舍老师把三个屋的灯都关上，大家也渐渐把声音降了下来。

起床了，宿舍瞬间又热闹了起来，大家都争着帮忙把加餐提回教室。

没有抢到的同学，乖乖地站好队，等待老师的指令，从宿舍走向教室。

到了晚上，宿舍里那叫一个热闹。大家洗漱、看书、喝奶，还有的在一旁开心地聊天。大家的事情都干完了，就可以玩一会儿，“编花篮”“谁是卧底”等游戏，但是如果事情做得慢的话，就只能直接上床睡觉了。最好玩的还是考完试后的宿舍，大家就像放飞的小鸟，叽叽喳喳聊个不停，还有食物分享……开心得难以入睡。

宿舍里的时光也不全是很热闹的，有一段固定时间大家都是在认真看书，那阵子就只能听到楼道里的脚步声和大家翻书的声音，我喜欢这种安静的感觉。第二天早上，大家都迅速地起来穿好衣服，快速洗漱，让老师帮忙扎了头发，然后整齐地排队走出宿舍，新的一天又开始了。

有的时候宿舍就是宿舍，但是有的时候宿舍更像是我们温暖快乐的家。

我喜欢我的宿舍。

◆ 教师评语 ◆

谁说宿舍只是休息的地方？我们学校，宿舍就像家一样温馨，给每个可爱的同学带给了温暖。读起这篇文章，感觉暖暖的。

（指导教师：张亚楠）

升旗主持人

吴沁桐　10 岁

艾瑞德校园给我留下了很多美好的回忆。每次走到校园的角角落落，都能让我想起一幕幕印象深刻的场景来。此刻，站在学校绿茵茵的操场上，看着正在飘扬的五星红旗，我的记忆回到了几天前。星期一，我作为班级升旗仪式的主持人，站在平时李校长所站的位置，面对全校师生主持。那一天真是深深地留在我的心中。

刚接到让我做升旗仪式主持人的通知时，我非常激动，甚至有些紧张。从老师手中接过主持词时，我暗下决心，一定要好好准备。一回到家后，我就对着镜子认真练习演讲。

时间过得很快，升旗的那一天终于来了。这天清晨，我穿着整洁的校服，戴好红领巾，来到学校。当刘校助说升旗仪式开始时，我的心紧张得都快要跳出来了，连手都在微微颤抖。但当我抬头看到马老师和李老师慈母般鼓励的目光时，心里一下子感觉踏实了许多。刚才的紧张便抛到九霄云外，我顿时感觉浑身充满了力量，大踏步地走上讲台，微笑着从刘校助手中接过话筒。

我站在舞台上，看着下面庄重站立的老师和同学。我的大脑越来越清晰，越说越流利。随着时间的流逝，升旗仪式在我的主持下顺利结束了。说完最后一句，我才长长地喘了一口气。我暗暗下定决心，如果有下次，

我一定会做得更好。

台上十分钟，台下十年功。做升旗仪式的主持人真是一次严格而快乐的磨炼啊！

◆ 教师评语 ◆

美好的校园生活中，总有那么多很难忘的事情。此文语言精练而流畅，着重描写了小作者作为升旗仪式的主持人，从紧张准备到从容自如的难忘过程。值得称赞。

（指导教师：赵亚琼）

学校的操场

张若琳　12 岁

2020 年是不平凡的一年，新冠肺炎蔓延全球。原本在这个鸟语花香的时候，我们应该快快乐乐地去学校上课，可是如今我们只能待在家里上网课了。每当想起那可爱的校园，我总是感慨万千，经常在睡梦中梦到它，梦到我们平时欢乐玩耍的操场。

操场边上种有许多梧桐树，参天而立，像一个个守护着我们的安全卫士。春风拂过梧桐树的叶子，沙沙作响，真像一首动听的歌曲。每当下课铃声响起，同学们都会来到操场上做运动，有的踢足球，有的打篮球，还有的打羽毛球……一张张灿烂的脸上洋溢着幸福的笑容，一阵阵快乐的笑声飘荡在操场上空，飞向无边无际的天空。每当同学们上课时，操场又恢复了平静，同学们清脆又响亮的读书声，飘向操场，汇成一首轻快的乐曲。

下雨时，欢快的小雨滴落下，滴滴答答，好像钟表前进的声音；一朵朵激起的水花，晶莹透亮，好像一群小精灵在跳水上芭蕾。雨过后，操场上便形成了一个一个的小水洼，每一个小水洼就像一个小湖泊。同学们穿上雨靴，在小水洼里欢快地跳跃，那一条条红彤彤的跑道像一条红皮带把操场圈在中间。

每到运动会时，在跑道线上拼命奔跑的同学，挥洒着晶莹的汗珠，最后胜利的欢呼声响起，到处都洋溢着胜利的喜悦。

夜幕降临，同学们吃过晚饭后就来到操场上活动，他们打着乒乓球、跳着跳绳、踢起足球，别提多开心了。

我爱我的校园，更爱学校的操场，因为那里印着我成长的足迹，保留着我童年的欢声笑语，保留着那纯真的童年影子……我真想早一点儿回到学校，快快乐乐地上学。

◆ 教师评语 ◆

小作者细腻的文笔，描写生动形象，画面感极强。美丽的校园，快乐的玩耍，怎能不让人想念呢？

（指导教师：李晓岚）

春风十里柔情，相聚与你一起

赵嘉倪　12 岁

今年冬天，一场突如其来的新冠疫情打断了我们原本的生活节奏，本该相聚在校园度过的欢乐时光，却不得不居家上网课。

同学们，你们是否想念课堂上和老师一起愉快学习的时光？是否怀念同学们琅琅的读书声？是否憧憬晨操时动感的音乐？是否盼望着与同学们相见？相信大家一定都和我一样无时无刻不在想念着我们的校园。

图书馆的画面越来越清晰：管理员登记借书卡的身影；同学们穿梭在书架之间寻找自己想看的书，然后坐在一起看书，看完后一起整理书籍的身影。那安静、美丽的环境勾起了我的回忆。

想念餐厅里那香气扑鼻的饭菜、甜美的水果，同学们一起吃饭的身影。想念绿绿的操场、红色的跑道、大门旁的栅栏上缠绕着的花朵。同学们跑步的身影，喘着气大汗淋漓的样子，都让我忍不住去回忆。因许久未见，同学们的脸庞已经有些模糊起来，但大家的身影一个个陆续出现在我的眼前。我是多么怀念与他们在一起时的日子啊！我想同学们的读书声，想老师讲课的声音，想生活老师与我们聊天、早上叫我们起床的声音。我想校园里春风拂过的声音，我想校园里鸟儿欢唱的声音，我想校园里绽放的花儿，我想大家在一起时欢笑的声音。

相信当春色满园之时，我们定会相聚一堂，在那美丽的校园里相见。

◆ 教师评语 ◆

丰富多彩的校园生活，在小作者的回忆里依旧是那么清晰，那么令人回味无穷。字里行间里，流露着对美丽校园的深深想念。

（指导教师：李晓岚）

温暖的 2020

谢豫萱　12 岁

2020 年是不平凡的一年。面对突如其来的新冠疫情，从白衣天使到人民子弟兵，从科研人员到社区工作者，从志愿者到工程建设者，每一个人都让我们感受到了 2020 年的温暖，为我们诠释了什么是人间大爱。

疫情突发，钟南山爷爷劝我们不要外出，待在家里比较安全，他自己却坐上了开往武汉的列车上，逆势而行，深入武汉疫区。我虽没有亲眼见到他，但通过照片看到他拖着疲惫的身躯登上列车，由于座位紧张，只能坐在开往武汉的列车餐车里，八十多岁的他两鬓已斑白，我的心里顿时温暖了起来。

2020年初，我们没办法出门接纯净水、买菜。一天，家里的纯净水已用完，没法做饭，父亲给送水的叔叔打电话。电话打过去没多久，水便送到了，我看了看时间，知道他还没有到上班的时间就帮我们送水，我的心中又温暖了起来。

生日那天，因为疫情，没办法和同学们一起吃蛋糕，我的心情十分低落。打开手机，准备上网课时，发现同学群里“炸”满了对我的生日祝福。这时，一个好朋友又打来电话祝福我，我心情好了很多，心中暖暖的。

疫情终于控制住了，我们可以重返校园，到了我和同学们见面的日子。我来到教室，课桌上挤满了一件又一件礼物，我环顾四周，同学们大喊我的名字，表示欢迎。那一刻，我的心暖暖的。

在2020年，令我温暖的事情还有很多，它们像火焰一样融化着积雪，照亮了我的心。疫情虽然拉远了我们的距离，却割不断我们彼此的思念，因为我们的心贴得最近。这份温暖将我们团结起来，一起战胜病毒，让中国早日远离疫情。

◆ 教师评语 ◆

小作者用真善美的眼睛从身边小事去发现美好，感受温暖，让平凡的2020年处处充满着心动。

（指导教师：樊婧）

国际周

谢豫萱　12 岁

这周是我们期待已久的国际周，我们非常开心，你知道什么是国际周吗？下面我就来告诉你。

国际周活动之初，每个班级抽取一个国家，然后就开始收集学习这个国家的一些知识。了解这个国家的地理位置、历史文化、名人、著名建筑、风土民情、饮食文化，做国旗，画国花，学这个国家的国歌、舞蹈，在白板上画上这个国家的特色画，排练关于这个国家的节目……国际周节目的具体演出时间就是六一儿童节这天。到了国际周的第一天，我们就把之前准备好的东西呈现出来。老师会给我们发“国际币”和“护照”。拿着“国际币”可以去任何一个国家买东西，“护照”上有这次活动中所有的国家，你去一个“国家”，回答相应的问题或做游戏，那个“国家”的负责人就会在你在“护照”上盖章。如果集齐了所有“国家”的章，就可以拿着“护照”去参加学校准备的终极挑战活动，并可以领取奖品。一日之内，可以游遍所有的国家，领略所有国家的文化风情。活动非常有意义，也很有创意。

我们班代表的国家是挪威，挪威的冰上运动很好，他们的国花是欧石楠，国鸟是河鸟，国旗是长方形的红底上面带白蓝色十字图案的旗……

我们为国际周做了充分的准备，学习关于挪威的相关知识，做了关于

挪威的手抄报，利用中午的午休时间在轮胎上画挪威的国旗、做海盗帽、排练节目。我和几个同学负责我们班级的画板，整整两天我们都在画画，画了城堡、海盗船、雪山、《冰雪奇缘》中的艾莎……国际周的前一天，为了画海盗船，我和几个同学晚上 9 点多才离开教室。

《冰雪奇缘》出自挪威，我们准备的节目是表演《Let It Go》舞蹈，女生在前面跳舞，男生跟在后面配合，有的举着“海盗船”，有的拿着海盗帽做“维京之吼”。展示节目的时候，我觉得我们的节目非常精彩，赢得了许多人拍照和阵阵掌声。

国际周活动当天，我把所有国家的章都盖完了，非常开心，因为这是我第一次把所有“国家”的章都盖满。

这就是我们的国际周活动，从准备到演出，我们不但学到了很多知识，而且觉得很好玩，很有意义。你想参加这样的活动吗？

◆ 教师评语 ◆

国际周真是一项很有趣的活动。朴实自然的童趣童心，在丰富多彩的校园生活中得到了尽情绽放。

（指导教师：樊婧）

我学会了做花样面点

安奕臣　11 岁

期末到了，五年级素养测评的主题是“做花样面点”，我们很早就在为这件事情做准备了。

美术课上，老师先让我们看做面点的视频和图片，让我们掌握了做面点的方法和步骤，接着让我们用橡皮泥学着去做面点，最后辅导我们画了一些做面点的海报。

数学课上，老师告诉我们做一个面点需要二两面团，我们知道了一斤等于十两，一两等于五十克，做一个面点需要一百克的面团。

英语课上，老师教我们说做面点用的食材的单词，我学会了油、盐、面粉、红枣、花生等英语单词。

后来我们从家里带来了面板、擀面杖、十三香、火腿肠、大枣、花生、葡萄干、保鲜膜、一次性手套等。

激动人心的时刻终于来了，我们在餐厅里以小组为单位开始大显身手。

美术老师带领我们小组做面点。她的手真巧，一会儿拿着筷子按压，一会儿用剪刀剪，面团在她手里摆弄几下，就做成了可爱的鸽子、刺猬、小鱼、花朵等造型的面点。看着她做的这些花花绿绿、漂亮无比的面点，我们都忍不住拍手叫好。

老师让我们自己动手做面点，我和小伙伴们忙得不亦乐乎。

我拿起一个红色的面团揉搓起来，谁知道面团在我的手里一点儿也不听话。使劲儿大了，面团长得太快了；使劲儿小了，面团却揉不开。面团像在故意欺负我似的左右乱动，还经常扭到一块儿去，一点儿也不合我的心意。

开始我还有点儿耐心，过了一会儿，我的耐心就丧失殆尽，看看老师和别人做好的面点，再看看我手里歪歪扭扭的面团，两者形成了鲜明的对比，我便沉不住气了，把擀面杖一扔，说："我不做了，你们做吧。"

老师看见了，就放下擀面杖走过来安慰我："臣臣，我知道你是一个不服输的孩子，再努力一下就成功了，加油！"

听了老师的话，我便重整旗鼓开始做起来。可是手还是显得那么笨，面团还是不听话，偷眼看看别人做得那么好，便想把自己的面团藏起来。张嘉一看到了我的窘态，她笑眯眯地拿起面团帮我揉成了一个圆，杨意然用灵巧的手帮我把圆面团擀成了厚面片，我说我要做花朵的造型，郑佳乐赶紧把筷子递给我，握着我的手在厚面片周围均匀地按了几下，压出了花瓣。我拿起几个黄色的葡萄干切成小片均匀地摆放在火腿肠上，做中间的花蕊。在我们的共同努力下，一个花朵造型的面点就做好了，我们激动地拿着花朵面点让赵老师给我们拍照做纪念。

尝到了成功的甜头后，我信心倍增，继续做面点。我和郑佳乐做了一条鱼，杨意然和张嘉一做了一个小刺猬。后来我们还做了火腿肠花卷、芝麻盐花卷等各式面点。

美好的时光总是那么短暂，老师说该走了，我们把做好的面点整齐地摆放到大托盘里，贴上标签送到厨房。

"面点蒸熟了！孩子们，我们去搬面点吧！"下午四点半的时候，赵老师带领我们去餐厅搬面点。

餐厅里到处是激动的喊叫声，香味也随之扑鼻而来。将近四十盘形形色色的面点整整齐齐地摆放在餐桌上，场面非常壮观。

虽然我们做的花样面点不如老师做得那么好看，但是我们吃起来觉得格外香。

这些面点是通过我们一番劳动得来的，所以就格外珍惜，这次活动让我们知道了食物的来之不易，以后我们要更加珍惜他人的劳动成果，更加珍惜粮食，把光盘行动进行到底。

◆ 教师评语 ◆

小作者不但写出了做面点时的动作和场景，而且写出了前后的心理变化。为小朋友学会了做面点而开心。劳动是快乐的，劳动是伟大的，向劳动者致敬！

（指导教师：赵首梅）

运动风采

有趣的运动会

张济扬　9岁

九月里，阳光明媚，丹桂飘香，秋高气爽。我校迎来了一年一度的秋季运动会。激烈有趣的运动会在操场上悄悄拉开了序幕，让我们一起去看一看运动场上那热火朝天的场面吧。

首先是开幕式，同学们排着整整齐齐的队伍，迈着矫健的步伐，挥舞着手中的小旗走过了主席台，同学们齐声高喊我们班的口号："四班四班，奋勇向前，勇争第一！"主席台上响起了雷鸣般的掌声，老师也为我们喝彩。

比赛终于要开始了，同学们各个斗志昂扬，摩拳擦掌。有的在小跑，有的在弓压腿，还有的在高抬腿。

200米决赛开始了，我们班的许嘉宝率先出战，发令枪一响，其他运动员像一支离弦的箭一样冲了出去，许嘉宝却愣了一下才开始跑。刚刚起步就落后了，我们都为她紧张，于是拼命为她呐喊助威："加油！你不会输的，加油！相信自己！"加油声让她备受鼓舞，她加快了速度，只见她越来越快，渐渐与第一名跑齐了，紧接着，超过了第一名。啊！她终于领先了，我们开心极了！

最为激动人心的是 10×50 的接力赛开始后，同学们都能迅速而准确地接过接力棒，而我作为冲向终点的最后一棒，心中紧张得像揣着一只小兔子，怦怦直跳。我屏住呼吸，听着同学们的加油声，利索地接过交接棒，

如旋风一般冲向终点，近了近了，我终于到达终点，夺得了第一！我们全班沸腾起来了。

在激动又热烈的气氛中运动会圆满结束了，这次运动会既丰富了我们的课余生活，又锻炼了我们的体魄与坚强的意志力，真是一场有趣的、有挑战性的运动会啊！

◆ 教师评语 ◆

这篇文章描写了秋季运动会的比赛场景，尤其对接力赛进行了具体、细致、生动的描写，入木三分的心理描写使比赛场面更加激烈，更富挑战性。

（指导教师：李伟伟）

我为“艾运会”狂

刘一涵　9 岁

秋风送爽的九月，我们迎来了一年一度的“艾运会”，这是同学们最喜欢的活动。比赛的类目多种多样，校领导也很重视，纷纷出席了“艾运会”。

这次我参加了四个项目，足球赛、女子60米短跑、50米接力和400米赛跑。

在年级足球赛上，首先上场的是我们班和七班，场上每位队员都很紧张，因为不能输掉第一场比赛，否则的话就拿不到好名次，之后的比赛也就没有信心了。所幸我们班还是赢了，当时我开心极了。紧接着的是六班与我们的对决，经过第一场比赛，我们班的队员都信心满满，经过激烈的比拼，我们班又取得了胜利，进入了决赛。决赛的时候我们对阵的是一班，“嘟”，哨声响起来，紧张的战斗开始了，经过长时间的争夺，只听“砰”的一声，我方进球了，我开心地叫了起来。但没过多久，我发现好像我开心得太早了，又是“砰”的一声，对方进球了。我的内心开始忐忑不安，队友们也不敢懈怠，在大家齐心努力下，我们赢得了最终胜利，取得年级第一的名次，还得到了李校长颁发的金牌。

女子60米短跑的时候，我被分到了第五跑道。听到裁判的枪响，我开始拼命往前跑。糟糕，一名同学超过了我，我又加速赶超了过去，取得了小组第一名。虽然最终是年级第三名，不过我也很开心，因为可以取得铜牌。

在50米接力和400米赛跑这两项中，我没有取得奖牌，不过我也不灰心，我要继续努力，在明年的运动会中争取能取得更优异的成绩。

在这次运动会上，我为我取得了一金一铜的奖牌而高兴，同时也增强了身体素质，“一举多得”，这也让我对明年的“艾运会”有了新的期待。

◆ 教师评语 ◆

别样的运动会，收获别样的快乐与成长。流畅的语言表达，有如运动会就在眼前，很棒！

（指导教师：张亚楠）

加油，足球小将！

栗明阳　9岁

一年一度的运动会开始了。今年的运动会有一个新的项目：足球，就让我带你们来比赛现场看看吧。

今天的比赛，同学们都很紧张，因为这场比赛我们要对战二班，听说二班可是三年级足球踢得最好的班呢。比赛马上就要开始了，我们其他不踢球的同学帮助上场的同学换上球衣。随着裁判的吹哨声，比赛开始了。

我看到二班队员向他们冲了过来，但是守门员宋卓远同学一个箭步就把球给截了下来，张文佳接到球，像猛虎一样朝二班跑去，然后，用力一踢，虽然二班守门员把球挡了一下，可是球还是滑进了球门……1比0，看来我们三班也不弱嘛。

随着比赛一点一点地进行，我也越来越紧张。因为要听着裁判的哨声，还要同时看着裁判的手臂指向哪边。二班连续进两个球，可我们班却还是只有一分……我觉得是时候给他们一些鼓励了，于是我大喊道："三班加油！三班加油！"别的同学看我喊了，便也跟着喊起来。

场上的队员们听到我们这么一喊，顿时信心大增，终于又进了一个球！但是最后二班也进一个球，3比2，同时裁判吹响了比赛结束的哨声。

我觉得比赛输了没关系，重要的是，这场比赛让我们懂得了要团结一心，一个人的力量可能没有那么大，但是一群人的力量却无穷的！还让我

突然感受到友谊和团结是那么重要，我很开心。

◆ 教师评语 ◆

友谊第一，比赛第二。流畅的语言完美地表达出了一场别开生面的运动会。老师祝福小朋友在运动中成长。

（指导教师：张亚楠）

学校的运动会

刘凯文　9 岁

今天我要带大家去看一看我们学校的运动会——艾运会。

艾运会的比赛项目有很多，比如 60 米跑、400 米跑、10×50 米接力跑、游泳、软垒投掷、立定跳远等。还有好多其他比赛项目能让你看了一遍还想再看一遍，真是百看不厌。

60 米跑的比赛项目马上开始了，我带大家先去看一下吧。我们班有一位同学参加了这个比赛，枪声一响，只见他像离弦的箭一样飞奔了出去，

快到达终点的时候，他跑得更快了，我们班的同学都在场外拼命地给他加油助威。虽然到了最后，有一个比他更快的同学抢先跑过了终点线，他得了第二名，我们也一样为他高兴。

紧接着400米跑开始了，我们班的一位女同学去参赛了，当枪声一响，她像一道闪电一样划过，当我们回过神儿的时候，她早已跑完了第一圈，第二圈的时候我们也继续为她加油，最终在她的坚持和我们大家的鼓励下，她得了第一名，我们都为她高声喝彩。

终于到了我的比赛项目——10×50米接力赛，当枪声一响，我的心就怦怦直跳。我是第二个接棒手，到了我的时候，我突然感觉像飞起来了一样，一下子跑到了对面，虽然最终我们班没有拿到名次，但是我还是很高兴能参加这项比赛。

接着我带大家去游泳馆看看吧。正好到了游泳团体赛的时间，只见各位参赛的同学一个接一个地跳下水，他们在水中像鱼儿一样快速地向前方游动，他们游泳时划水的动作让我看得眼花缭乱。

时间过得真快啊，竞争激烈的艾运会结束了，但是同学们还在回班级的路上欢声笑语地聊着艾运会上发生的有趣的事情。

虽然有的同学没在艾运会上得奖，但是只要参与了，或为同学加油助威了，都是好样的。下次艾运会，愿同学们都更为出色。

◆ 教师评语 ◆

别样的运动会，收获别样的快乐与成长。流畅的语言表达，让人眼前呈现了这场别开生面的艾运会。期待大家在来年的赛场上的表现更为优异。

（指导教师：张亚楠）

艾运会

阎妙彤　9岁

“同学们，运动会的日子快到了，今天我们来确定运动员。”班主任徐老师兴奋地说道。一年一度的运动会即将开始了。今年由于疫情原因，我在家憋了几个月，真想好好活动活动筋骨。

这次运动会，我报了800米、60米和50米接力赛三个项目。报完名后，这些天我总是想：今年会不会有跑得比我快的同学？会不会我跑不下来呢？我的心总是悬在半空中。我甚至还想过今年就不跑800米了。爸爸总是宽慰我说：“你今年肯定也会是第一名，你在疫情期间每天都在练舞蹈呀。”我还是将信将疑。

在上学的路上，爸爸和我聊道：“800米需要耐力和速度，去年你先跑800米，再跑60米时就失去了爆发力。今年你先跑60米，再跑800米，60米是短跑，不会太累的，今年你有很大的优势，放心去跑吧。”我带着半信半疑的心情进了校园。

这次运动会，我参加的项目都集中在同一天。到跑60米的时候，我心想：去年我是第三名，今年有可能是第二名，第一名的人真的跑得很快。参加60米短跑的人很多，轮到我那一组比赛了，裁判员一开枪我就拼命地往前冲，我是小组第一名。高兴得我一蹦三尺高，飞奔着跑上颁奖台。“哇，这次是李校长给我颁奖啊！”我心里正高兴，“我记得去年你也拿奖了。”

李校长和我说道。每天忙碌的李校长竟然记得我，我好幸福啊。“是啊，去年也是您给我颁的奖。”我真幸运。

没过多久，我就参加了下一个项目，跑800米的人不多，只有一组。站到赛道上，我心里很紧张，“友谊第一，比赛第二！”老师的话语响在我耳边。随着裁判员的枪声响起，我飞快地跑起来。我跑在最前面，跑到第三圈的时候我没力气了。在路过班级观赛棚子附近时，听到老师和同学们都在为我加油。我瞬间振作起来，把剩下的一圈跑完，我果然是第一名，真被爸爸说中了。

我是幸运的，有老师、校长、同学和父母为我加油，我突破了自己。我很喜欢学校的运动会，我爱“艾运会”！

◆ 教师评语 ◆

小作者文笔流畅，才思敏捷，善于运用心理描写与语言描写。文如其人，透过文章，也让我看到了一个积极向上的阳光少年。

（指导教师：徐冠杰）

运动会

马子尧 11岁

在艾瑞德国际学校，有敬爱的老师，有可爱的同学，有宽阔的校园，也有温暖、有爱…… 但最令我喜欢的是运动会。

此次运动会的主题是“少年强，中国强”，可见少年运动的重要性。听到要开运动会的消息后，同学们都欢呼雀跃，一蹦三尺高，我也十分兴奋。

这天风和日丽，我们迈着整齐的步伐向操场走去。开幕式上，升国旗、表演节目、放彩弹，我们每个人都怀着一颗激动的心，期盼着运动会的开始。李校长的话音一落，我们的运动会就开始了。

接下来的两天，便是激烈的比赛，是友谊的见证，是速度的比拼，也是让每个人学会帮助、谦让的过程。

我的项目是800米跑步，来到比赛场地，我又激动又不安，第一次跑800米，能不激动吗？不安的是面对太多的强手，担心会输给他们，这样的担心让我增加了几分紧张。“虽然我跑得不是很快，但参与最重要。”我在心里暗暗给自己鼓气。

我紧张地站在起跑线前，腿在颤抖，脑袋里嗡嗡一片。当听到枪声时，我使出全身力气跑了出去，第一圈和第二圈还好，跑到第三圈时，我的速度明显下降，我感觉自己跑不动了。听到同学们的加油声后，我告诉自己要坚持下去。跑第四圈时，我还处于第四名，我要向同学们证明我的实力，

于是我爆发出前所未有的激情，以最快的速度向前冲刺，在最后一刻，我超越了第三名。

如你所料，我最终得了第二名，带着十分开心和十二分的不甘心下了赛场，那一刻我的腿彻底软了，但我还是忍着疲劳走到第一名选手旁为他祝贺，因为“友谊第一，比赛第二”。这是对对手的尊重，也是对自己的尊重。

经历了这场比赛，我知道坚持是赢得比赛的根本，正如我们的学业一样，在遇到困难时，要鼓励自己再用心一些，再努力一把。

◆ 教师评语 ◆

友谊第一，比赛第二。在运动场上挥洒汗水，小朋友更为深刻地懂得心有目标，重在耕耘，贵在坚持。

（指导教师：石小倩）

运动会

庞程程　11岁

金色的阳光普照大地，伴随着同学们热情的欢呼声，运动会开始啦。

所有同学的脸上洋溢着笑容，心情无比激动。

运动会在大家的热烈的掌声中拉开了序幕，嘹亮的口号声响彻操场。那整齐划一的队伍，那坚定的步伐，说明大家都做了充足的准备，学校的鸽子也带着我们必胜的信心展翅高飞。庄严的国歌声响起了，全场寂静无声，我静静地聆听着，默默地注视着冉冉升起的五星红旗……

运动会正式开始了。运动员们个个精神抖擞，充满信心，他们在运动场上奋力拼搏，尽全力去“战斗”，都希望能为班级夺得一个好成绩。“加油，加油”班上的其他人也没闲着，啦啦队员们的加油声一个比一个大，好像是在参加大喇叭播音比赛。赛前，各班老师不住地鼓励队员；赛中，老师也和我们一样大声为班级的运动员们呐喊助威。

运动会中，最扣人心弦的项目要数长跑比赛了。看！运动员们先是活动筋骨，慢慢跳着，抖擞着，等待着开赛。“砰”的一声枪响，运动员们如一支支离弦的箭一般向前飞奔，你追我赶，尽管跑得汗流浃背，可是谁也不甘示弱。我们忐忑不安，不由自主地一起整齐地叫喊“加油、加油……”最后，经过队员们不懈努力，我们班赵田润取得了第一名的好成绩。

在大家的欢声笑语中，精彩的运动会结束啦。

◆ 教师评语 ◆

一年一度的运动会是孩子们期盼的活动。这篇文章的生动描述，使运动场上英姿飒爽的体育健将跃然纸上，汗水、泪水、金灿灿的奖杯，都凝聚着孩子们的坚持和奋斗。

（指导教师：肖乐）

生长日记

日记三则

邵薏洁　8岁

2020年4月19日　星期日　晴

今天是奶奶生日，早上9点，奶奶就来了，那会儿我还没写完作业。等我写完作业，我把昨天我和妈妈做的生日礼物送给了奶奶，奶奶收到礼物特别开心。

正好蛋糕也到了。我一看，没有沙皮狗蛋糕。我问妈妈：“我的沙皮狗蛋糕呢？”妈妈说：“在袋子的下面。”妈妈把沙皮狗蛋糕拿出来，好像真的啊！我都不舍得吃了。

中午吃饭的时候，我把奶奶的蛋糕和我的蛋糕拍了张照片作为纪念。吃完饭，我和奶奶、妈妈、爸爸去了丹尼斯，给奶奶买了一双耐克的鞋，也给我买了一双鞋，我特别开心。

2020年4月27日　星期一　晴

晚上，我和妈妈、爸爸一起看了个电影，叫《查理和巧克力工厂》。这个电影告诉我们，不能贪心，不能贪吃，还要爱家庭。我们不能因为任何

理由抛弃家庭，要爱家庭。

2021 年 3 月 1 日　星期日　晴

我今天背上小书包高高兴兴地来到了我想念已久的二（5）班。到班级后我发现，一个小朋友都没有来，我等了一会儿，来了几个小朋友，我们一起去隔壁（3）班上早读。我还和弯弯老师、潘怡谨一起跳皮筋，这是我最开心的一天。

◆ 教师评语 ◆

有爱的家庭里总是流淌着浓浓的爱意。从日记中看出了一个温暖幸福的家。彼此惦念，彼此守护。

（指导教师：毛兵）

“大头鬼”生长日记

徐靖祺　8 岁

2021 年 3 月 1 日　星期日　晴

我是一棵蒜苗，大家都叫我“大头鬼”。我刚出生的时候只有一厘米那么高。在小主人和他的小伙伴们一起的照顾下，我现在已经长成了一棵大蒜苗了。

我有碧绿的头发和挺拔的身躯，还有粗壮的根须。我有时候在窗台上晒太阳，有时候在讲桌上喝水，有时候又会在绿植养护区生长。但我的生活也不是一帆风顺的，有时候我也会遇到一些小危险，比如被老师碰倒、同学们忘了给我浇水……不过那些事儿都已经过去了，现在我还是长成了一棵茁壮的蒜苗。

我的生活多美好啊！

◆ 教师评语 ◆

小作者仔细观察了蒜苗的生长过程，其中用到了很多拟人句，将蒜苗的闲适和可爱写了出来。让我们一起好好照顾小蒜苗，让它茁壮成长吧。

（指导教师：黄冬燕）

日记三则

郝文溪　8 岁

2020 年 4 月 20 日　星期一　晴

今天老师表扬我每天坚持背古诗，奖励我两个证书。接着我又参加学校古诗背诵活动，连续背诵了 30 首古诗，老师又奖励我一张证书，上面写着“古诗小达人”。

我今天太高兴了。原来坚持做一件事会这么开心！

2020 年 4 月 29 日　星期一　晴

今天下午老师让我们看中小学生消防课，我从中学到了着火的时候要捂住口鼻，弯着腰跑到安全的地方，不能随便玩火，如果电器着火，不能用水泼灭，要把电源拔掉。我今天学到了很多知识。

2020 年 5 月 10 日　星期一　晴

今天我为开学做准备，我和妈妈一起到楼顶晒我的被子，我还把书包整理得很整齐，也把我坏掉的牙齿补好了。因为疫情停学了这么长时间，终于可以开学了，我实在太开心了。

◆ 教师评语 ◆

看到日记，就看到了小作者的模样。知识来源于生活，望不断善于发现生活中的学问。

（指导教师：李娜）

绿豆穿“婚纱”

郝帧美　10 岁

2021 年 3 月 8 日　星期一　晴

老师让我们种绿豆芽。晚上，妈妈拎着许多“绿宝石”走了进来，她把它们轻轻地放进了“浴室”里，又好像担心它们着凉似的放上一张由纱布做的“夏凉被”后，我们就和“绿宝石”们一起睡觉去了。

清早起床后，我兴冲冲地向阳台跑去，呦，“绿宝石”们长出小尾巴了！它们就像一个个淡黄色的气球。

时间一天天地流走，就像小河里的水。我的绿豆们也脱下了它们墨绿色的“围裙”，换上了淡黄色的“婚纱”。

这天晚上，妈妈费了很大的力气才把“钻石”放在锅里煮，看到这里，我非常尊重它们求生的意志，但是我更喜爱它们做成的美味。

◆ 教师评语 ◆

小作者用新颖的视角书写“观察日记”，富有生机的文字表达，让绿豆发芽过程活灵活现。文章新颖不失真实，生动不失准确。

（指导教师：闫晨）

河蚌成长记

司马玉煊　10 岁

2020 年 10 月 23 日　星期五　晴

今天下午，我和爷爷一起去菜市场买菜。爷爷买了几只新鲜的河蚌，要给我们做美味的河蚌豆腐汤。我趁其不备把一只大河蚌放在了我的小鱼

缸里，我实在是太喜欢它了。

2020 年 10 月 24 日　星期六　晴

早上起来，一看鱼缸里的河蚌，我顿时来了兴致，河蚌“露肉”啦！只见雪白雪白的肉，从蚌壳里缓缓地伸出来，我真想摸一摸，但又怕惊动它，于是只能耐着性子继续观察下去。后来那块白肉越来越大，简直像一块儿小瓷砖。我终于忍不住把手伸进水里捏了它一下，嘻嘻！肥鼓鼓的，真有意思。于是我又捏了一把，它闪电般地缩了回去，把我吓了一跳，过了好久它才又吐出肉来。

2020 年 10 月 25 日　星期日　晴

今天我的河蚌变成了灰黑色，我用牙签试探性地刺它，它也一动不动。我以为它死了，非常难过，准备把它扔掉，突然它的肉微微地颤动起来，我大喜过望。这时，我发现它白嫩的身体下有许多小东西，于是便把河蚌提起来。哈！原来河蚌生了许多小河蚌，我高兴得手舞足蹈。“今天真是双喜临门啊，一喜是河蚌起死回生，二喜是河蚌生了小河蚌。”我自言自语道。

我非常感谢这只小河蚌，它让我体会到了生命的活力，收获了成长的快乐。

◆ 教师评语 ◆

小作者采用观察日记的形式记录了河蚌的成长变化，字里行间流露出他对小河蚌的喜爱，并能让读者有着身临其境的现场感。日记很精彩。

（指导教师：程艳芳）

第五章

小荷尖尖

与诗同行

我的妈妈

邢景轩　8 岁

我的妈妈就像指路明灯，
当我迷路时，
她给我指引方向。
我的妈妈就像太阳，
她给我温暖，让我坚强。
我的妈妈就像一处港湾，
当我害怕时，
她会让我充满力量。
我的妈妈就像魔术师，
她总会满足我的各种需求。
我爱我的妈妈！

◆ 教师评语 ◆

小作者用童趣的语言写出了对妈妈的爱。语言真挚、亲切，饱含感情。

（指导教师：曹敏）

春天在哪里

薛行然　8 岁

春天在哪里？
小草开心地说：
春天在我的头上，
你瞧！
那绿色的叶子就是春天的头发呀。
春天在哪里？
小花微笑着说：
春天在我的花苞里，
你瞧！
那粉色的花苞就是春天的眼睛呀。
春天在哪里？
柳树得意地说：
春天在我的枝叶上，
你瞧！
我那随风摇曳的舞姿就是春天的辫子呀。
春天在哪里？
燕子飞舞着说：

春天在我的旅途中，
你看，
我就是那报春的使者呀。
春天在哪里?
小熊伸伸懒腰说：
它就在我外出觅食的脚印里，
你看!
春天已经来了呀。

◆ 教师评语 ◆

小作者运用拟人的手法，用童趣的语言描写了春天的脚步，生动形象，富有乐趣。

（指导教师：曹敏）

牛牛歌

胡耿嘉　8 岁

小牛牛，哞哞叫，
两只牛角弯弯桥。
爱吃青草跑得快，
踢踢后腿真可爱。

◆ 教师评语 ◆

通过活泼的语言，生动形象地描写出了小牛的模样和顽皮的形象。

（指导教师：霍莹）

小牛和娃娃

孙　瑜　8岁

一头小牛真可爱，
东蹦西蹦田里跳。
别看主人是娃娃，
但是小牛就听他。

◆教师评语◆

通过简单的语言，生动描写了一只活泼可爱的小牛，以及小牛和娃娃间亲密的关系。

（指导教师：霍莹）

放牛娃

李懿一　8 岁

青青草地牛儿多，
放牛娃娃就一个。
放牛回家写作业，
爸爸妈妈都夸我。

◆ 教师评语 ◆

语言轻快，节奏简明，与儿童的生活联系密切。牛儿可爱，娃娃更可爱。

（指导教师：霍莹）

牛牛儿歌

韩语畅　8 岁

牛年已经来到了，
今年新春多欢笑。
疫情已经控制好，
小鸟枝头喳喳叫。
小朋友们开学了，
开开心心上学校。

◆ 教师评语 ◆

小作者结合了今年大环境以及自己的感受创编，整首小诗读起来朗朗上口，充满了童趣。

（指导教师：李斯伦）

小黄牛

张熠辰　8岁

小黄牛，真可爱。
爱劳动，爱吃草。
肚子饿，吃绿草。
吃饱了，哞哞叫。

◆教师评语◆

小作者用拟人手法和童趣的语言，描写了小黄牛的形象，告诉我们：小黄牛爱劳动，是人类的好朋友。

（指导教师：李斯伦）

牛牛之歌

陈子欣　8岁

牛牛爱吃草，
牛牛爱劳动，
牛牛不挑食，
人人夸它棒棒的！

◆教师评语◆

小作者抓住了牛牛的性格特点和形象进行创编，生动形象，富有童趣，所思所感化作赞美牛牛的儿歌。

（指导教师：李斯伦）

牛牛儿歌

雷浩洋　8 岁

牛年到，发红包，
小牛叫，大家笑。
草原上，牛吃草，
家家户户乐陶陶。

◆ 教师评语 ◆

小作者善于观察，抒发出了过年时候的热闹景象。

（指导教师：毛兵）

牛年到

潘怡瑾　8 岁

春节到，人欢笑，
包饺子，放鞭炮，
穿新衣，领红包。
大街小巷人如潮，
欢欢喜喜真热闹。

◆ 教师评语 ◆

过年真热闹。用优美的话语，刻画出过年时喜气洋洋的生动景象。

（指导教师：毛兵）

牛年儿歌

王奕文　8 岁

牛年到，牛年到，
牛年喜事真不少。
返校见到你我他，
大家拥抱哈哈笑。
牛年到，牛年到，
打扫卫生少不了。
桌斗整理我做到，
三餐路队一条线。
课前准备我最好，
班级处处都热闹。
牛年到，牛年笑，
牛年牛气冲冲冲。
欢天喜地乐陶陶！

◆ 教师评语 ◆

小作者用童趣的语言，描写出牛年同学们回到校园里的欢乐情景，让

人开心让人笑。

（指导教师：李瑞）

微　笑

邢可歆　8岁

我对妈妈微笑，
妈妈就会对我微笑。
我对爸爸微笑，
爸爸就会对我微笑。
我对伙伴微笑，
伙伴就会对我微笑。
我对不爱笑的人微笑，
他们会对我微笑吗？

◆教师评语◆

对人都微笑，生活一定会对你微笑的。

（指导教师：李娜）

老黄牛

王子轩　8 岁

老黄牛，牛，牛，牛！
拉车耕地都靠它，
老黄牛啊，真勤奋！
披星戴月忙不停。
老黄牛啊，真能干！
它是农民的好帮手，
庄稼获得大丰收，
农民伯伯哈哈笑。

◆ 教师评语 ◆

老黄牛勤勤恳恳的精神，值得称道和弘扬。

（指导教师：李娜）

老黄牛

马煜程　8岁

老黄牛，老黄牛，
爱劳动的老黄牛，
每天都爱帮助人，
人人都夸是好牛。
老黄牛，老黄牛，
勤劳踏实就数它，
耕田种地都靠它，
农民伯伯乐开花。

◆教师评语◆

老黄牛，不但是农民的好帮手，也是辛勤耕耘的象征。

（指导教师：李娜）

告　别

高铭瑜　12 岁

灯火如冰翠，
渐渐显其光，
光如明月悬，
独照我心房。
火车唱响鸣，
须臾至眼前。
万籁人俱寂，
霞光出层云。
洗漱尚未完，
不忍就别离。
一步三回头，
不能忘吾父。
父，小儿今朝走，
勿牵挂！
儿，好好学习啊，
勿想家！

◆ 教师评语 ◆

只言片语中是父亲浓浓的爱，是儿子深深的情。小作者用细腻的场景描写出了周一早上将要离家时与家人依依话别的场面，特别温暖而又感人。

（指导教师：樊婧）

锦书云寄

给杜老师的一封信

祝锦彤 10岁

尊敬的杜老师：

您好！

您像一位引路人，给我们指引正确的道路，您像一位舵手领着我们在知识的海洋中畅游。

还记得刚开学那两周，我的成绩很普通，当时我铁了心想争得班级第一，便开始认真学习了。

事实证明认真和不认真的区别真的很大，那次语文考试，我破天荒地考到了97分，而且也成了我梦寐以求的语文班级第一，您还给了我一杯饮料作为我这段时间努力学习的奖赏。

从那以后我每天都认真学习，虽然下课的时候我会跟同学嬉戏打闹，但是上课时我绝对不会分神。

我还非常爱背课文。有一次早自习，您说让我们背课文，我看了看第一篇课文，啊？这么长，我哪能够背得下来啊。我心里嘀咕着，头皮发麻。但是我坚持照您说的去做，没想到读了两遍就会背了，原来背课文这么简单啊。从此，我背课文的热情一发不可收拾，特别喜欢背课文。

杜老师，谢谢您！谢谢您对我的关心和帮助，谢谢您让我爱上了语文学习。

祝

身体健康！

祝锦彤

2020 年 12 月 2 日

◆ 教师评语 ◆

老师感谢小朋友跟老师的真情吐露。背课文重要而不简单，小朋友做得很不一般。文中“破天荒”这个词语用得特别好，也让我眼前一亮。

（指导教师：杜静）

致母校的一封信

孟钰涵　12 岁

亲爱的学校：

您好！

我有多久没有和您见面了，可是你在我的记忆中却依然那么清晰。

我多想见见那些小鸽子，它们一身雪白的羽毛，鲜红色的小嘴，两只橙色小脚，还有那闪烁着快乐、调皮的光的小眼睛，我多想看看它们在空中翱翔的模样。

我多想尝一碗餐厅师傅们做的鸡蛋汤面，虽然很普通，可是对于一个星期不回家，一直住校的我来说，这就是家的味道。

我想去看看那一亩田，小麦是否长高了？蒜苗发芽了吗？从前玩耍的蟋蟀还在吗？待到疫情结束，我们还去玩蟋蟀、拔杂草、浇水。

我多想去看看那盆小多肉植物，它是我精心培养的绿植，它还好吗？班里的绿萝发新芽了吗？长高了吗？

我多想见见我的好朋友——尚子诺，她是否长胖了？是否超过六十斤了？是否又有新的小宠物了？

我多想见见同学们，我们一起做游戏，比赛跳绳，比着学习、比着看书，一起为某个问题而争吵着。同学们，你们长高了吗？我多想见见你们。

我多想见见老师们，听听你们对我的教导，虽然老师有时会批评我，我当时并不开心，但事后我才明白都是为我好，是在给我修枝剪叶呀。

我想同学们、老师们、小鸽子、餐厅的饭菜、一亩田……因为你们是校园里欢腾的气息，也是我心中的所有。

六（1）班　孟钰涵

2020年3月16日

◆ 教师评语 ◆

小学生活是人生求学中最单纯，最无忧无虑的时光。可能是一抹景色，可能是一块方塘，也可能是一个朋友，总有一处令你难以忘怀。

（指导教师：刘晓娜）

钟爷爷，我想对您说

明思雨　11 岁

敬爱的钟爷爷：

您好！

我是郑州市艾瑞德国际学校一名五年级小学生，我叫明思雨。在疫情期间我通过电视新闻认识了您。新闻里天天报道着新冠疫情的确诊人数，可是疫苗又没有研制出来。因为病毒的传染性极强，我们在春节里哪儿都去不了。在大家都躲在家里不敢出门时，您挺身而出，逆行而上，奔向武汉。您在我们心中是最美的逆行者，我向您表示深深的敬意。

在赶往一线的路上，您临时上车，被安顿在了餐车的一角，满面倦容的您在思考着什么？您是院士，但在我心中也是“战士”。您是医生，有着舍己救人的品质，危难时刻，您毅然决然地担负起了拯救人民生命的重担。

您和其他奋斗的“白衣战士”战斗在一起，用生命保护着我们，给我们希望，我们向您和“白衣战士”表示由衷的敬意。

谢谢您在疫情期间默默地保护我们，捍卫人民的生命安全，如果不是您挺身而出，我们就不会有美好的明天。我们也要感谢那些默默为我们奋斗的“白衣战士”。

祝

身体健康！

明思雨

2020 年 12 月 5 日

◆教师评语◆

我被这篇文章感动了，因为动人的文字、流利的叙述、感人的事件交相辉映。

（指导教师：皇甫宜磊）

想象天地

《狐假虎威》续编

赵梓腾　8 岁

上次狐狸从虎爪之下逃走，又过了一个星期，狐狸实在是太饿了，就悄悄地跑出洞去寻找食物。

可是狐狸太倒霉了，又被上次那只大老虎抓住了。狐狸眼珠子又骨碌碌一转，想出了一个好办法。它趁老虎不注意，拔了两根老虎毛，向嘴里一塞说道："你这只老虎又想吃我？"老虎说："上次被你骗了，这次我再也不会上当了！"

狐狸笑着说："老虎，你看我的嘴巴是什么？"老虎一看，呀！居然是老虎的毛！狐狸说："我前两天刚吃了一头比你还大十倍的老虎。要不，今天我也把你给吃了？"老虎吓得撒腿就跑，边跑还边想：今天真倒霉，居然碰到了会吃老虎的狐狸，以后我再也不要碰到它了。

狐狸呢？乐呵呵地去找食物了。

◆教师评语◆

小作者用巧妙的构思创编了一个有趣的故事，而且还能够使用神态描写和心理描写，凸显出了狐狸的临危不乱与机敏、果敢。

（指导教师：黄冬燕）

《坐井观天》续编

徐靖祺　8岁

听了小鸟的话以后，青蛙纵身一跃，跳出了井口，它惊讶无比：原来，天空那么大，好像无边无际的大蓝布！远处还有覆盖着皑皑白雪的山峰，山下有层峦叠翠的树林，田里有勤劳的人们。

青蛙非常兴奋，它高兴地跳呀跳呀，到哪里都有看不完的美景。有一天，青蛙跳到了海边，它看见了碧蓝的大海，那里一望无际，青蛙感叹道："原来我之前真是一只井底之蛙，只是坐井观天呀！"

◆ 教师评语 ◆

小作者的这篇续编，写出了青蛙跳出井来看到了不一样的景象，对青蛙来说井外的一切都是新奇的，都是有趣的。特别是故事后面的感叹，表达了青蛙的后悔。

（指导教师：黄冬燕）

二十年后的图书馆

白溪澈　12 岁

你想知道我们二十年后的图书馆是什么样子的吗？现在我要带你们去看看。和现在的图书馆不一样的是，二十年后的图书馆完全是人工智能来控制的。

我们首先安排了两个机器人，一个是管理员，另外一个是助手。你来到图书馆，把你想要的书告诉管理员就可以了。你可以选择看普通的纸版书、电子书，或者其他有趣的书。助手还会带你去体验图书馆里一些好玩的阅读活动。

你问这些有趣的活动是什么？一个有趣的是“可以走进去的书”。当你选好了一本书，输入系统，走进一个区域，书中的内容会以 3D 画面的形式出现在你的眼前。你可以问问题，会有一个好听的声音回答你。你也可以选择成为书中的人物。另一个有趣的是“可以走路的书”。真的吗？你会问。对，就是真的。你从书架上选定一本书，对着这本书说：“我想看你。”它就会从书架上跳下，来到你的手里。它可以和你走到任何地方，你在哪里都可以看它，它也不会走丢。当你看完了或者不想看了就告诉它，它会自己走回到原来的书架上。当你不想再看书的时候，你可以去“自己写一本书”区域，写你自己的书。如果你累了，可以去休息区喝一杯咖啡，吃点零食。

现在你可能会问，这个图书馆需要消耗大量的能源吧？其实，这个图书馆的能源是利用太阳能且自给自足的。所有的墙和房顶都是用玻璃做的，所以阳光可以照到里面。在房顶上，有足够的太阳能板收集太阳能来给图书馆供能。图书馆里也有很多植物，可以吸收二氧化碳，产生氧气。

这就是我们二十年后的图书馆，更方便，更有趣，也更环保。

◆ 教师评语 ◆

看了小作者充满想象力的描述，我仿佛进到了未来一个神奇的智能图书馆。

（指导教师：樊婧）

蜻蜓“点水”为哪般

袁泽诚　12 岁

说起蜻蜓大家都知道，因为，蜻蜓在大自然中很常见。古时就有“点水蜻蜓款款飞”的优美诗句。当我们雨后漫步于公园，常会见到许多拥有纤纤身躯和漂亮翅膀的蜻蜓在空中翩翩飞舞，它们挥动着透明的翅膀，时而盘旋，时而低飞。

你认识那是蜻蜓，但是你知道为什么“点水蜻蜓款款飞”吗？现在让我来告诉你吧。

在科学家们的研究中，发现蜻蜓点水实际上是它们的产卵动作。那你们知道它们为什么一定要把卵产在水中，而不放到其他地方吗？这就要从它们的食物说起。蜻蜓主要以蚊、蝇、小型蛾类为食。而蚊子的幼虫和蜉蝣的幼虫等都生活在水上，蜻蜓的幼虫便以它们为食，所以蜻蜓把卵产在水中。

蜻蜓的卵都是在水中孵化的，孵化后成为幼虫，幼虫进化到成虫之前一直都是生活在水中。在大概一年半的时间里，它们要蜕皮十几次，然后爬出水面，最后变成美丽的蜻蜓。

成为蜻蜓后，它们可以成为我们的天气预报员，为我们带来便利，例如要下雨的时候它们就会低飞。

这就是我们认识的蜻蜓，也是“点水而飞”的蜻蜓。

◆教师评语◆

本文是一篇说明文，题目却很有诗意。以“点水蜻蜓款款飞”这句诗引出说明内容，条理清晰，内容新颖，具有科普性，不失为一篇佳作。

（指导教师：葛娟）

二十年后的故乡

李姿滢　12 岁

“光阴似箭，日月如梭。”眨眼间，二十年就这样悄无声息地过去了。如今，我已是不计其数的火星居民之一了，我乘坐通过呕心沥血制造的智能飞船“河南一号”去拜访我一直念念不忘的故乡——郑州市黑李村！

飞船在大气层里飞着，我看到了焕然一新的景色：家乡一片新绿，一座座山峰连绵起伏，河水清波荡漾。辽阔无垠的天空晴空万里，白云犹如一只只活泼可爱的小鸟在自由地翱翔。

渐渐地，飞船到达了故乡，我走下飞船，看到家乡发生了巨变。

一个个整齐的独家小院里，人们过着无忧无虑的生活，乡里乡亲们在亲切地攀谈、下棋……

家乡家家户户的家务活和农活都由“小助手”(机器人）来做。“小助手”每天都会按时浇花、扫地、洗碗、做家务……在收获的季节，“小助手”收割农作物、摘取果子，效率很高。

未来的世界好神奇，但是在我心目中，我的故乡才是最神奇的。二十年后的故乡真美啊！

◆教师评语◆

未来的世界真的好神奇啊！小作者用充满想象力的语言向我们描绘了未来智能化的家乡。期待着小作者习得一身本领，早日使自己家乡实现智能化。

（指导教师：项兆娴）

第六章

星光熠熠

先声夺人

让成长因梦想而闪亮

张歆怡　10岁

大家好，我是来自四（1）班的张歆怡。今天我为大家演讲的题目是《让成长因梦想而闪亮》。

著名作家流沙河先生在《理想之歌》中对理想做了非常准确的定义：理想是石，敲出星星之火；理想是火，点燃熄灭的灯；理想是灯，照亮夜行的路；理想是路，引你走到黎明。说到我的梦想，要从我加入学校小百花戏剧社团的第一天说起了。

刚开始选择拓展课的时候，我对小百花戏剧社团并不熟悉，只是觉得好玩，但是自从我跟着翁老师学习一个学期戏剧后，我对戏剧的认知变得更加深刻。渐渐地，我发现戏剧对我来说已经不仅仅是爱好的追求，也是梦想的开始。

一次上拓展课的时候，翁老师说自己以前是一名演员，后来到了我们学校开始带戏剧拓展课。听了这句话，同学们都在疑惑：当演员不好吗？站在舞台上多亮丽呀！为什么要选择做教师呢？翁老师告诉我们："每个人都有不同的梦想，每个人都在为自己的梦想而奋斗，当一名演员很好，当一名老师也很好，各有各的价值。做演员，是为了实现我的梦想；做教师，也让我把自己的所长更好地发挥出来，我觉得也非常有意义。"我明白了，老师是想让更多的孩子喜欢上戏剧，所以就来当老师了。

听了老师的话，我深有感触。而且，翁老师上课非常有意思，教我们用肢体语言表达自己的各种感受，还教会我们有感情地朗读。普普通通的文字，从她口中读出来，总是充满感情，让声音插上了翅膀。我非常崇拜翁老师，是她让我一发不可收拾地爱上戏剧课。我想如果我现在利用拓展课的每一分每一秒，去认真学习表演，等我学好了，它就成了我的一项技能。想到这里，我很是得意。从那以后，我每次上拓展课都格外认真。就这样上了一节又一节拓展课，我的演技有了明显提升。

盼望着，盼望着，到了三年级，我收到了人生的第一张演出通知书。虽然我的台词并没有多少，但是为了这一次的表演，大家付出了很多努力。每天早上天还不亮，我们这些“演员”就从床上爬起来了。在寒冷的冬日里，我们张开僵硬的嘴，呼吸早上冰冷而新鲜的空气。晚上，我们聚集在同一个教室里，将一段对话一遍又一遍地练习着。到最后，别说自己的台词了，整个剧的台词都记得一清二楚。

终于到了表演这一天，台下坐满了观众，我们胸有成竹地登上了舞台，聚精会神地表演，演得绘声绘色。台下的观众全都目不转睛地盯着我们，仿佛此刻我们就是台上万众瞩目的焦点。

表演结束后掌声响起，我心里的石头终于落了地，刚刚我还在害怕自己演得不好呢。通过这次表演，我有了很大的成就感和表演下去的信心。我演出时的定装照现在还挂在学校的墙壁上，每次同学们看到的时候，就会高兴地跟大家介绍——这是我们班的张歆怡，她演的是《红楼梦》里的薛宝钗。每每听到这话，我的心里就跟吃了蜜一样甜，更坚定了我努力学习戏剧表演的梦想。

在翁老师的影响下，我痴迷表演，有一段时间我甚至频频做梦，梦到自己在深海中钓到了一条大鱼，鱼的身上写着“演员”。没错，这就是我的梦想——成为一名演员。

为了实现我的梦想，我经常阅读名著《红楼梦》，还认真上好拓展课，打好基础。老师告诉我们，想要成为一名好演员，要有丰厚的文化底蕴。

现在我除了看原著《红楼梦》，还买来了系列小人儿书、《红楼梦》诗词、《红楼梦》插画，有一次被杜老师看到了，她对我赞不绝口，称赞我读的书，有思想内涵，有高度，让我受宠若惊，欣喜不已。

从确定下人生志向那一刻，我就为将来能成为一名演员而努力，即便将来不那么有名，但是能做自己喜欢的事情，我就心满意足。如果不能成为一名演员，那我也同样可以当一名像翁老师那样的老师，让更多同学喜欢表演，爱上读书，点亮人生。

同学们，每个人都有自己的梦想，每个人都在为自己的梦想而奋斗。我相信，大家都听过一句话："成功等于百分之九十九的汗水加上百分之一的灵感。"只有坚持不懈的努力，才能让自己的才华充分地施展。同学们，让我们一起努力，为梦想添砖加瓦，让梦想有一天照进现实生活，实现我们自己的价值！

谢谢大家，我的演讲完毕。

◆ 教师评语 ◆

这篇演讲稿中充满着感动，从这里读者可以看到一个在学习和生活中找到自己的兴趣并努力探索的孩子。这份对梦想的追求、对热爱的坚持可以感染读者。

（指导教师：杜静）

成长因挫折而精彩

秦梓洋　10岁

老师们，同学们，大家好！我是四年级2班的秦梓洋。

相信在座的同学和老师在成长的过程中，都会遇到各种各样的挫折。在挫折面前，我们是选择害怕还是选择勇敢？是准备妥协还是迎难而上呢？我想，此时此刻，每个人心中都有自己的答案。而我的答案就呈现在今天的演讲之中，我的演讲题目是——《成长因挫折而精彩》。

在很多人眼里，挫折是一块绊脚石，是成长道路上的拦路虎。有的人惧怕它，甚至讨厌它，而我却要感谢它。

因为就在不久之前，我刚参加过一场围棋二进一级的比赛，一天要比赛6轮。一开始上场的时候，我信心满满。但是，第1轮比赛就给我打个措手不及，对方连连进攻，我招架不住输了，自信值一下子下降了50%。

回到休息室，我调整了一下失落的心情，准备第2轮比赛。面对一年级的同学，我再次铩羽而归。

比赛还在继续，我尽力调整濒临崩溃的心情，准备进行第3轮比赛。大家猜猜第3轮的结果如何？毫无疑问，我又输了，我懊恼极了。顿时，我的眼圈泛红，强忍着泪水回到了宾馆，结束了上午的比赛。

痛定思痛，我回到房间反思了上午的比赛，得出结论：主要是比赛期间我太心急了，一些能把握好的机会没有把握住；再者，我的实战经验还

不足，平时棋练习得还是太少。

下午第1轮比赛时，我已经调整好了心情，再次自信满满地冲了上去。但是，好运依然没有眷顾我，我连输4盘，已经晋级无望了。当时，我的心理防线全部崩溃，眼眶里充满了泪水。我只有一个念头——回家。可是，不服输的我还是不愿意放弃。这次幸运之神眷顾我了，我终于获得了一场胜利。大家欢呼了起来，为我加油！接着，我又一鼓作气，赢得了最后一场比赛的胜利。

虽然到最后我还是没有成功晋级，但是最让我自豪的是，我在挫折面前战胜了自己。有人说：“人生就如同一盘棋，有进有退，有输有赢。”每一次挫折，都是生活给予我们的礼物。不经历风雨，怎能见彩虹呢？所以，我非常感谢这次的围棋比赛，它让我明白了每个人的成长之路都不是一帆风顺的，挫折并不可怕，关键在于我们是否有战胜困难的勇气。

还有人说，没有挫折的人生是不完整的。那面对挫折时，我们到底应该怎么做呢？

我想：首先，我们要有积极乐观的心态。很多时候，打败我们的往往不是挫折本身，而是我们对待挫折的态度。当挫折让你丧失信心时，想一想李白的“天生我材必有用，千金散尽还复来”，当挫折让你垂头丧气时，再读一读刘禹锡的“沉舟侧畔千帆过，病树前头万木春”；当挫折让你遍体鳞伤时，学一学郑燮的“千磨万击还坚劲，任尔东西南北风”。良好的心态是成功的一半，虽然挫折对我们大打出手，但是我们依然要微笑面对。

其次，我们还要磨炼坚强不屈的意志。古人云：天将降大任于斯人也，必先苦其心志，劳其筋骨，饿其体肤，空乏其身，行拂乱其所为，所以动心忍性，增益其所不能。古往今来，凡是有所成就的人，都能够在逆境中磨炼成长，奋发向上。伟大的物理学家霍金，在全身瘫痪，不能说话的情况下，依然可以用仅能活动的三根手指完成了《时间简史》；音乐巨匠贝多芬，即使遭遇了双耳失聪的磨难，依然怒吼：“我要扼住命运的咽喉，它绝不能使我屈服”。正所谓“玉不琢不成器”，只有经得起考验的人，才能成为真正的强者。

最后，在挫折面前，我们还要坚持不懈，永不言败。都说“千里之行，始于足下”，坚持是一件看似简单，其实很难的事情。当失败挫伤我们前进的动力，当困难绊住我们成长的脚步时，我们一定要拿出水滴石穿的精神和永不言败的决心，让我们的成长之路焕发出璀璨的光芒。

成长因挫折而精彩，阳光因风雨而更加艳丽。同学们，我们要微笑地面对成长中的挫折，做一只海燕，去接受暴风雨的洗礼；做一只浴火的凤凰，在烈火中求生！

谢谢大家，我的演讲完毕。

◆ 教师评语 ◆

从文章中可以看出小作者不服输的性格，任何时候都有一股迎难而上的冲劲儿，带给人积极向上的力量。这是一篇极富感染力的演讲稿。

（指导教师：程艳芳）

逆光飞翔

胡轩恺　10 岁

亲爱的老师、同学们，大家好！

我是来自四（6）班的胡轩恺。今天我演讲的题目是《逆光飞翔》。这个题目来自一部台湾电影，讲述的是身残志坚的台湾少年黄裕翔追逐梦想的故事。而我下面要给大家讲的故事的主角，和黄裕翔有着类似的经历。

他叫丁家浩，我叫他丁老师，有时候也叫他丁叔叔。他是一家民办音乐学校的校长，并有一家琴行。他会拉二胡，会弹钢琴，会吹萨克斯，还会很多别的乐器。他弹琴的时候激情澎湃，上课的时候又和蔼可亲。看他整天忙忙碌碌的样子，就像是一个永远不知疲倦的超人。可是，你们知道吗？丁老师几乎是个盲人。

今年暑假，我回老家度假，因为需要练琴，有机会认识了丁老师，也慢慢知道了丁老师的故事。丁老师今年 32 岁，他刚出生时就被诊断为先天性青光眼，视力极其低下。从那以后他就踏上了漫漫求医路，接受了大大小小二十多次手术。如今他的右眼已经完全失明，左眼的视力也只剩下 0.12。

丁老师虽然是残疾人，可是面对音乐，他就像个超级英雄。他告诉自己，虽然身体残疾了，但是精神不能残疾，要靠自己闯出一条人生道路。因为不能常常用眼，他就用耳朵去听，去感受。聋子音乐家贝多芬、盲人歌唱家波切利、坐轮椅的小提琴家帕尔曼的人生让他看清了自己的人生方向。丁老师很小就开始学习二胡，因为看不见，完全靠模仿和感觉。后来他又学习小提琴，看不见乐谱就背谱，别人花一分努力他就花十分努力。他每天练琴十几个小时，每个深夜他都坚持背谱、练习手指。功夫不负有心人，丁老师在他17岁的时候就获得了安徽省小提琴大赛第一名。这是多么了不起的成绩啊！是音乐开启了他新的生命，音乐像一道阳光，射进了这个曾经在黑暗中摸索的少年的心，让他豁然开朗，看到了一片新天地，激励他不甘退缩，奋进自强，终于靠自己的双手扭转了命运的车轮。

丁老师并不满足已经取得的成绩，后来还学会了钢琴、大提琴、萨克斯、长笛和指挥。再后来，在21岁那年他开了一家琴行，开始招收学生，办起了音乐学校。他认真工作，用心教学，学生从几个发展到几百个，他从一个残疾孩子成长为一名音乐学校的校长。因为认真教学，学生成绩突出，他多次获得“优秀指导教师”“优秀园丁奖”。丁老师用坚持和努力，证明了一句老话“只要有信心，黄土变成金”。

同学们，听完丁老师的故事你们有什么感受吗？你们会不会也像我一样，被丁老师的坚强和乐观所打动呢？其实，在被丁老师的事迹感动之余，也时不时想到我自己。我没有丁老师那样的不幸遭遇，我的生活、学习条件也要远远好过丁老师小时候的境况，但是和他比起来我还有很多不足。有时候生活中遇到一些困难，我总想着逃避，不愿意面对；有时候学习中需要坚持不懈练习的时候，我总想着休息一会儿，再休息一会儿，一点点辛苦都承受不了。可是这些困难和磨炼，和丁老师经历的相比，又能算得了什么呢？

书本中的故事经常告诉我们，人生道路既有鲜花，也有荆棘。我们现在学习知识，锻炼身体，磨炼意志，就是为了长大以后可以有能力、有毅力、有胆量面对各种困难险阻，最终走向成功。而在这个过程中，精神的力量是最难能可贵的力量。丁老师是一个榜样，激励着我不断和困难做斗

争。那个暑假，丁老师教给我的不仅仅是音乐，还有从不放弃、从不言败的一股劲。他用他的故事告诉我们：人的一生并不总是春光明媚，即便是在阳光照不到的时候，我们也不能抱怨，不能放弃，而是要振奋起积极乐观、勇敢坚持的翅膀，朝着自己的理想振翅高飞，直飞向那无垠的天际！

◆ 教师评语 ◆

读完小作者的文章，我也被故事中丁老师的意志所折服，丁老师是一道光，一道耀眼的逆光，温暖和鼓舞着大家。未来的日子，加油！

（指导教师：任炎敏）

成 长

叶多地 10岁

感恩节那天，老师让同学们给爸爸妈妈写一封信表达感恩之情。我在信中写道："谢谢你们每天的陪伴，我已经从一个瘦子，长成了一个又高又壮的'米其林轮胎人'。"妈妈看到这一句笑了，她说："这是你成长的一部分呀。”

三年级以前，每天早上都是妈妈一遍一遍地喊我起床上学，我总是想多赖会儿床，结果我们经常是在迟到的边缘和时间赛跑。有一天，妈妈认真地说要和我谈谈，她温和而坚定地告诉我，上学是我自己的事情，自己的事情应该由自己负责，以后早上上学时间由我自己掌握，妈妈不再喊我。规矩变成了由我来喊妈妈起床，妈妈保证积极配合我，不因为她的缘故耽误我的“上学大计”，但如果我自己不把握好时间，就得承担迟到的后果。

从那一天开始，每天清晨，闹钟代替妈妈喊我起床，而我则成了妈妈的闹钟。我再也不敢赖在床上，因为我明白，我——是自己的负责人！

后来，我渐渐爱上了早起，每天早早把睡眼惺忪的妈妈从床上拖起来，我们在天还未亮、路灯还未熄灭的一大早出发，路上车辆还稀少时我们就一路顺风地来到学校，我经常第一个走进教室，那一刻的教室真是安静啊，我背背书，画画画儿，或者写写小说，感觉自己又开心又有力量。妈妈说：“被孩子喊着催着上学的感觉真好，感受孩子成长的妈妈真是幸福呀！”

去年夏天，妈妈带我和表姐去北京参加了姜岚昕老师为期三天的青少年演讲培训课。三天的课程，每天姜老师都给我们几十次上台展示自我的机会，许许多多的小伙伴勇敢地走上讲台或自信流畅或紧张羞涩地讲上几句，而我，始终没有勇气突破自我，甚至有几次姜老师鼓励从来没有上过讲台的同学哪怕什么也不讲只要走上讲台站一下就可以，我也依然胆怯地缩在台下不敢迈出脚步。我课听得很认真，课下的演讲练习自己做得也很不错，可惜，我最终是没有跨出关键性的那一步——走上讲台。

我的内心其实也是有遗憾的，但妈妈告诉我：“没有关系，你的学习和努力都预存在了你的思想里，总有一天，当你渴望丰收的硕果时，它会给你助力的。”

时间一天一天走过，去年期末素质测评，我拿着自己的画儿匆忙讲了三句就狼狈结束了。其实我心有不甘，我不认为那是真正的我，我可以

更好！

后来我主动要求担任了班里的整队班长，大家可能都还记得最初我喊出的那些怯生生的“立正”和“向前看”吧，现在想起来那时的我似乎是另一个叶多地。

这次的演讲活动选拔，妈妈本以为我一定又会一口回绝，没想到她随口一问，她的儿子竟满口答应。

哈哈，作为一个孩子，我们如此幸运幸福，生活在这安全美好的大中国，有理解关爱我们的父母，有悉心教导我们的老师，有活动丰富有趣儿的学校，作为祖国的小树苗，我们有理由不茁壮成长吗?

◆ 教师评语 ◆

时光如梭，不经意间同学们就这样一点一滴成长起来了，作为同学们成长的见证者，我最大的感受就是欣喜感动，因大家的进步而感动，因大家的成长而欣喜。从小作者的文字中，我体会到作为老师最大的幸福。

（指导教师：任炎敏）

开卷有益

胡雅涵　11 岁

经史子集，开卷有益。人生有限，不可能事事经历，也不需事事经历，获得知识、丰富阅历的一个重要途径便是读书。经典著作，能把辽阔的空间和漫长的时间毫无保留地浇灌给你，让你能够驰骋古今，经天纬地。心是身的灯，书是心的所。经典是文化的源头为经典开卷，它能使我们与智者对话，与仁者同行。大家好，我是来自五（1）班的胡雅涵。

至圣先师孔夫子，阐释六经，著述春秋，传承文化；一代伟人毛泽东，博览群书，雄才伟略，振兴中华。古人都说："书中自有黄金屋。"读书的好处有很多，我读书是为了在以后能够考进更好的学校，能够面对复杂的事情处之泰然，感到无限的乐趣。

我给大家讲几个关于读书的小故事。大家应该知道著名天文学家伽利略吧。他在年轻的时候，在比萨城就读于比萨大学，他是个勤学好问的学生，有的老师嫌弃他问题太多向校长投诉，可他并不放弃，最终成了一名了不起的科学家。

我们的毛主席也非常喜欢读书。他的同学是这样说他的："你借给他什么都可以，就是不能把书借给他。"这是为什么呢？原来，毛主席有个习惯，就是边读书边记笔记，等他把书还回来的时候书上密密麻麻全是字，根本分不清哪个是书上的内容，哪个是毛主席的笔记。

莎士比亚曾经说过：“生活里没有书籍，就像世界上没有阳光；智慧里没有书籍，就好像鸟儿没有翅膀。”各位同学，请大家热爱书吧，那是我们精神富足的源泉，“问渠那得清如许，为有源头活水来！”我的演讲完毕，谢谢大家。

◆ 教师评语 ◆

这篇演讲稿，文字气势磅礴，节奏和谐，感情丰富。作者引用诗歌和名言阐述了“开卷有益”的观点，同时选取“毛主席读书认真做笔记”的典型事例，使文章更加生动有力，观点更加突出，感染每个读者。

（指导教师：石小倩）

读书立志圆梦

方泽羽　11 岁

尊敬的老师，亲爱的同学们，大家好！今天我要演讲的主题是《读书立志圆梦》。

说起读书，我们就会想起很多关于读书的名言：腹有诗书气自华，读书万卷始通神；读书使人充实，思考使人深邃，交谈使人清醒；书籍是人类进步的阶梯等等。从这些名言中我们不难看出，书对人们是多么重要。书是夜晚的路灯，照亮我们前进的路；书是海上的灯塔，指引我们航行的方向；书是我们人生道路上的指路人，书更是我们的精神食粮。多读书，读好书，让我们的心灵充满绿色，生机盎然。

伟大的作家高尔基曾经说过："我读书越多，书籍就使我和世界越接近，生活对我也变得越加光明和有意义。"他更是把书籍比喻成人类进步的阶梯。

鲁迅先生就是靠读书改变了命运。少年时，他在江南水师学堂读书，第一学期成绩优异，学校奖给他一枚金质奖牌，他立刻拿到了鼓楼街头卖掉，然后买了几本书和辣椒，如饥似渴地看了起来。每当夜晚寒冷时，他便摘下一个辣椒放在嘴里嚼，直到辣得满头大汗。他就是用这种办法驱寒坚持读书，最终成为了我国著名的文学家、思想家，更是中国现代文学的奠基人。

知能拓智，智达慧远。知识，是人生的基石，是成功道路上的台阶。知识的力量在于即使身处逆境，通过自己的努力，也能逆袭翻盘。鸟欲高飞先振翅，人求上进先读书。书能激发人的激情和斗志，书能让我们走得更快更远。古人云：书犹药也，善读之可以医愚。书就有如此功效，读书能去掉人身上的愚昧，去掉人身上的懒惰，这就是读书的妙处。

艾瑞德的校风是干净、有序、读书。从一年级起，我们就开始读大量的课外书、演童话剧、进行读书分享、写读书笔记。后来，又有了课前三分钟演讲。一下课我就打开书读，沉浸在书的海洋里。大家都说我是书虫，因为我太爱读书了。说起读书，我要分享一个小故事，这个小故事和我们敬爱的李校长有关。那是我10岁生日那天，我戴上生日帽，同学们给我齐唱生日快乐歌，我沉浸在幸福的喜悦中。在分享蛋糕时，我第一个就想到了李校长，我拿着精心准备好的蛋糕，兴致勃勃地敲开了李校长办公室

的门，开门后，李校长笑容满面地看着我说：“你好，同学，祝你生日快乐！”当我双手把蛋糕捧给李校长时，李校长开心地说“谢谢”，并走到书柜前拿出一本书，在扉页上写着：读书好，多读书，读好书。写好之后，李校长笑吟吟地把书递给我，并对我说：“孩子，腹有诗书气自华，唯有书香能致远。希望你在读书的道路上越走越远。”最后李校长还亲切地搂着我，和我一起合影。香甜的蛋糕，芬芳的书香，幸福的笑脸，都让我记忆犹新。谢谢李校长，我一定不辜负您、老师还有爸爸妈妈的期望，做一个爱读书、多读书的孩子。在干净、有序、读书的校风影响下，艾瑞德的学生个个爱读书，艾瑞德的学子最喜欢的礼物就是书，六一儿童节到了，家长问孩子喜欢什么，同学们说去书店买书；生日到了，同学们一定会要求家长买书作为生日礼物；考试进步了，也会要求家长买书作为嘉奖的礼物。在我们的眼里，书就是最好的礼物，最好的嘉奖。

同学们，青少年时期正是人生中绚丽多彩的春天，正是同学们大志绸缪的时候，正是该刻苦学习、积累知识的时候。知识的积累是长期的，是枯燥的，是需要意志力的，因此我们要发愤图强，多读书、读好书，用知识去充实自己、武装自己，用知识把自己塑造成祖国的栋梁之材。只有读好书，才能立大志、圆好梦。

我的演讲完毕，谢谢大家。

◆ 教师评语 ◆

爱读书的小作者从小立下读书圆梦的志向，文中没有豪言壮语，没有华丽辞藻，字里行间流露出对读书的喜爱之情。

（指导教师：赵首梅）

读书点亮人生

杨意然　11 岁

尊敬的各位评委老师，亲爱的同学们，大家好！

我是五（2）班的杨意然。今天我演讲的题目是《读书点亮人生》。

在我们牙牙学语时，长辈们就教我们一些读书的名句："书山有路勤为径，学海无涯苦作舟"，"少壮不努力，老大徒伤悲"，"书读百遍，其义自见"……或许那时候的我们并不懂这些话是什么意思，只知道能背下来就是最棒的。渐渐地我们上学了，学会了拼音，学会了认字，读了更多的诗词，慢慢领略到这些句子的意思，体会到读书的好处，越发激起我们读书的兴趣。小小的我们迫切希望了解世界，于是我们就交上了一个好朋友——书，并爱上了读书。

毛泽东爷爷说过："饭可以一日不吃，觉可以一日不睡，书不可一日不读。"这体现了读书的重要性。读书，是在如画风景中捡拾鲜花，寻找生命感悟的花絮。你可到苏杭欣赏人间天堂，可登临泰山体味"一览众山小"的胸襟，可以为中华崛起而骄傲，为中华腾飞而读书。

西汉时，有一个十分好学的青年叫匡衡，但他家里贫寒无钱买灯，怎么办呢？一天晚上他看见隔壁人家点着蜡烛，就在墙上偷偷地凿了一个小孔，让透过洞孔的微微烛光映在书上，就这样，他每天晚上都借邻居家的灯光读书，直到邻居熄灯为止。匡衡就是在这样的条件下，渐渐学到了更

多知识，后来成为西汉有名的学者。同学们，匡衡在如此艰苦的条件下仍然坚持读书，由此可以看出读书是多么的重要啊！同学们，我们有如此丰厚的资源，为什么就不能好好读书呢？

高尔基说过“书籍使我变成了一个幸福的人”。我们读书不是为了别人而读，也不是为了考试而读，而是为了自己而读。与书相伴，犹如与知识为友，以智慧为师，可以储备能量，增长知识。

干净、有序、读书是艾瑞德校风，更是我一直以来的行动准则。

读书是我从小最大的爱好，让我快速成长的老师是从三年级开始教我们的赵老师，她带领我们海量阅读、写读书笔记、每周进行读书分享，到后来的每天课前三分钟演讲，我们一直在进行不断的输入和输出。读书让我变得知性优雅、宽容、阳光和自信，我从同学身上看到自己的不足之处，学到了同学们身上的优点。后来我的课前三分钟演讲也越讲越好。记得有一次我分享《胡小闹日记——爸妈不是我的佣人》，演讲一结束就引来满堂喝彩，赵老师表扬我思路清晰、语言流畅、吐字清晰、声音响亮、不卑不亢、仪态大方，特别是对故事中人和事都有自己独到的见解，非常棒！她还对我竖起了大拇指。从此，每次课前三分钟演讲我更加自信了，我的语言表达能力越来越强，我不再怯场，同时我明白了一个道理：读书和演讲的关系是密不可分的，如果一味地演讲而不去读书，那么演讲的内容将会枯燥无趣，如同白开水一般。如果一味去读书而不和生活实际联系起来，并通过说、讲、写等方式呈现出来，那么就是死读书了，只有把两者结合起来才能更好地发挥。从这以后我对读书更加痴迷，一有时间我就遨游于书海，忘了吃饭、忘了睡觉，但是我还是乐此不疲。我对各方面的书籍都有兴趣，中国古典四大名著、《中华上下五千年》、《鲁滨孙漂流记》、《伊索寓言》、《搜神记》、《山海经》、《笑猫日记》、沈石溪动物系列小说……

读书陶冶了我的情操，开阔了我的视野，丰富了我的情感。“半亩方塘一鉴开，天光云影共徘徊。问渠那得清如许？为有源头活水来。”同学们，让我们畅饮这“源头活水”，攀登人类进步的阶梯，成为知识的富翁，精神的巨人吧！

同学们，让我们以书为马，读书成就梦想；与书为伴，用知识点亮人生；让我们一起游书海之浩瀚，感文字之芬芳吧！

我的演讲完毕，谢谢大家。

◆ 教师评语 ◆

读书储备能量，读书增长知识。书是获取知识的“源头活水”，这“源头活水”让人受益匪浅。小作者天天与书为伴，遨游书海，越来越自信，为爱读书的人点赞！

（指导教师：赵首梅）

成功就要乐观

李雨宸　11岁

尊敬的老师，亲爱的同学们，大家好！

我是来自五三中队的李雨宸，今天我演讲的题目是《成功就要乐观》。

一个人的成功与否取决于他对待人生的态度，如果你始终用消极的态度对待人生，那么你这一辈子是不可能收获什么的，凡是成功者始终都是用最积极的思考和最乐观的精神支配和控制自己的人生的。著名物理学家和宇宙学家霍金，他出生于1942年1月，在1968年发表了畅销世界的《时间简史》。可是你们知道吗？霍金从1963开始，就患上了一种不治之症——肌肉萎缩性侧索硬化症，因此他在轮椅上生活了20多年。只能用三根手指活动，却获得了很大的成就，那是因为他能用乐观积极的心态面对生活中的种种困难，如此巨大的苦难都被霍金看得云淡风轻。

人人皆知的一位残疾女孩——张海迪。从五岁开始，她就患上了脊椎血管瘤，导致其胸口以下全都瘫换。她从五岁开始的人生，就在轮椅上度过。但她并没有因此而放弃自己，也没有向病魔屈服，自学了小学、中学的主要课程，另外还学了日语、英语、德语，甚至医学。认准了目标，不管面前横隔着多少艰难险阻，都要乐观面对，跨越过去，到达成功的彼岸，这便是张海迪的性格。这让我想起自己在今年九月学校举办的“艾运会”上我参加的两项跑步比赛，分别是400米和200米跑。比赛的第一天，我参加的是400米跑步比赛，我很害怕，因为我从来都没有参加过这项比赛，于是我就请教了以前参加过这项比赛的同学，他们耐心而认真地告诉了我跑步技巧，最后我获得了小组第一、总排名第四。虽然没有获得名次，可我还是很开心。晚上回家后，我总结了失败的具体原因，在第二天的200米比赛中，我并没有因为第一天没有获得名次而气馁。在200米的起跑阶段，我本来是最后一名，但咬紧牙关一直跑，超越了许多对手，在最后50米处，我已经累得精疲力竭了，但是我告诉自己，要乐观地面对困难、克服困难，不能轻易放弃，而此时我也听到老师和同学们给予我加油的声音，于是我用最后的力气，冲过了终点线，最终获得了小组第一，总排名第二的成绩。听到全场的欢呼声，我幸福地哭了。

伟大的霍金是和我们一样平凡的普通人，他的身体条件比我们任何人都要差，但是他并没有放弃希望，放弃生活，放弃自己的人生，而这缘于他有一颗积极乐观地对待人生的心。希望大家能向霍金、张海迪学习，用乐观的心态面对生活中的种种困难。成功是一种态度，人生最大的敌人就是自我，具有乐观的心态才能战胜消极的自我，成功属于战胜自我的人们！

我的演讲完毕，谢谢大家。

◆ 教师评语 ◆

从霍金的故事，到张海迪的故事，再到作者自己的故事，衔接自然，举例得当。每个人都会遇到困难，希望大家都能像小作者一样拥有一个乐观的心态。

（指导教师：刘丽丽）

成长需要尝试

张元泽　11 岁

尊敬的老师、亲爱的同学，大家好！

我是五（6）班张元泽。今天我给大家分享的题目是《成长需要尝试》。

从我们是小宝宝这一刻起，我们必须尝试吃饭、爬行、蹒跚走路，然后才有现在的健步如飞，每一个人都是在不断尝试中成长着。

我们需要不停地尝试积累勇气、胆识。记得二年级时，学校组织演讲比赛，妈妈鼓励我积极参加，我担心自己不知道说什么，担心上台会害羞，担心同学们嘲笑，没有勇气报名。妈妈偷偷帮我报名，在妈妈的鼓励下我参加了这次演讲。演讲开始时心里好像有两只小兔在不停跳，紧张得身体都僵了，几秒后，我静下心来演讲，我感到越来越放松，到最后一点也不紧张了，竟然获得了老师、同学的掌声与赞扬，顺利通过初试，进入复赛、决赛。

通过这次比赛我获得了在众人面前演讲的勇气，积累了演讲的有关知识与技巧，认识到我害怕和担心的事情其实不是什么事。这就是我的收获，我想我一定会记着的。

还记得，二年级放学后妈妈带我去工大青少年训练中心，约两米高的吊绳攀爬墙我根本不敢上，手抓住绳索身体直往下坠，根本上不去。我非常气馁，感觉自己太笨了，永远都不会上去。妈妈说这不难，尝试、坚持就能成功，只要我坚持练习一个月肯定能上去。我根本不相信，结果在妈妈的鼓励下练了两个多星期就顺利爬了上去。我认为不可能的事情实现了，我挑战了我自己，开心得不得了。

克服恐惧，你会发现其实举手没那么可怕，你会获得勇气；尝试绘画，会发现其实你也挺有天赋，你会看见不同的色彩；尝试宽容，你会发现退一步海阔天空，忍一时风平浪静，会得到快乐。

成长需要尝试，尝试让我们获得了勇气、胆识、喜悦与成功，尝试也让我们收获失败的体验，让我们在不断尝试失败后收获成功，尝试克服困难、学会坚强，拥有更加灿烂的未来！

谢谢大家。

◆ 教师评语 ◆

一次次的尝试，既是勇气的积聚，也是经验的积攒，积攒的过程就是成长，攒足了，去实践，去分享，这个成长的过程就是有意义的。为小作者的尝试点赞。

（指导教师：高一兟）

怀揣梦想，展望未来

龚嘉悦　12岁

尊敬的老师，亲爱的同学们，大家中午好！我是来自六六中队的龚嘉悦，很荣幸能够代表六年级参加这次的演讲比赛。与其说这是一场比赛，不如说这是一个磨炼自己的机会。今天我要给大家带来的演讲是《怀揣梦想，展望未来》。

我做出了一个大胆的想象，假如自己穿越到了二十年后，看到了那时自己的生活，看到了那时候的社会，我会有什么样的想法或者说会发出什么样的感叹呢？在这二十年间，随着时间的推移、年龄的增长，万物都会

发生改变——也许那时的车辆已经不再是现在普通的样子，也许那时的公共场所已经成为机器人的世界。未来将要发生的任何事情都是未知的，我们都无法改变与掌控，但我们唯一能掌控的，是自己的命运。在《哪吒之魔童降世》这部电影里，哪吒说了一句话："我命由我不由天，是魔是仙，我自己说了才算。"未来自己的生活环境与状况，都只有自己说了算。那么问题来了，在掌控自己的命运时，只随便说说我将来一定要成名，一定要干大事业是绝对不会成功的，为什么？因为在行动面前语言是那么的渺小。空喊自己的目标和梦想而不努力，就好比渔夫坐在池塘边什么也不干，说我今天一定要钓到鱼。言之易，行之难，只有行动并且坚持，才能有所成就。如果要想变得优秀，那请大家行动起来。

当我仿佛看到未来优秀的我时，我想到了艾瑞德的校风：干净、有序、读书，这是艾瑞德学子应该具备的品质。读书，让我知识更加渊博，让我对这个世界的了解更加透彻；读书，让我从当时迷惘懵懂的小孩，成长到上知天文、下知地理的少年。普希金曾经说过："人的影响短暂而微弱，书的影响则广泛而深远。"让我们一起做爱读书的好少年。

我们还要做一个干净的人，干净分为两点。一是外表干净，我们要保持卫生，多多收拾自己的房间。女生上学时不要披头散发，要扎着头发，利落干练，时刻规范自己的着装。二是心灵干净，我们要少抱怨多感恩，当你做到这些事时，你会发现生活轻松很多。

此外，有序也是必备和不可或缺的。有序，可以让一个人的思维能力更强，做事有条理，逻辑清晰。同样的一件事，两种不同的人做，就会产生两种不同的解决方式。无序的人想法是零碎的，但是当你做到有序之后，就会有一个结构化的思考方式，并且会果断地理出头绪。

那么现在，我想问大家一个问题：你有梦想吗？也许你的梦想是做一位翩翩起舞的舞者，也许你的梦想是做一位帅气的篮球运动员，也许你的梦想是做一位能够遨游宇宙的太空人……话说这世间，唯有青春与梦想不可辜负，如果每个人的生命是一只小船，那么梦想，就一定是这只船上的风帆。

二十年间，我就像一颗渺小的种子，在幼儿园牙牙学语时，这颗种子发芽了。6岁步入小学，成为一名光荣的少先队员时，这颗种子出土了。我越长越大，这根苗子也越长越高，上面一点一点被绿色的叶子缠绕。不知不觉，它又开花结果。在风吹雨打中，这朵花刚强地屹立；在天气热得让人们无法忍受时，它却仍然努力地站在草地上；别的花都弯腰低头、萎靡不振时，它却时刻告诉自己：我不能倒。

我们正值青春年华，为何不大胆放飞梦想？尽管这条路上有无数的坎坷与挫折，那又怎样？梦想就是远方，只有流过血的手指，才能弹出世间绝唱！从今天起，让我们携手共进，拥抱梦想，成就更美好的未来！

谢谢大家，我的演讲完毕。

◆ 教师评语 ◆

小作者以想象二十年后的自己开篇，又借用电影《哪吒之魔童降世》里的经典台词，揭示只有坚持梦想并为之行动，才能拥抱未来的道理。主体部分结合自己的实际生活，阐述梦想与未来的关系。最后发出呼吁，点出主题。整篇演讲稿主题鲜明，论据充分有力，很容易让大家产生共鸣。

（指导教师：樊婧）

来吧，未来

杨乐瑶　12 岁

尊敬的各位老师，亲爱的同学们，大家中午好！

我是六（6）班的杨乐瑶，我的演讲题目是《来吧，未来》。

1978 年，全世界诺贝尔奖获得者在法国巴黎聚会，有记者问当年的诺贝尔物理学奖得主卡皮察，他在哪所大学、哪个实验室里学到了最重要的东西。出人意料的是，这位白发苍苍的老人回答，是在幼儿园。记者愣住了，又问他在幼儿园学到了些什么。老人如数家珍地说道：把自己的东西分一半给小伙伴们，不是自己的东西不要拿，物品要放整齐，吃饭前要洗手，做了错事要表示歉意，午饭后要休息，要多思考，要仔细观察大自然。正如这位老人所说，幼儿园教会了我们生活习惯，小学则教会了我们学习习惯、思维习惯和做人习惯。帮助我们初步建立了人生观、世界观、价值观。作为艾瑞德国际学校一名即将毕业的六年级学生，此时此刻，回忆过去，我发现艾瑞德教会了我太多太多，让我真正体会到小学对我的重要。

还记得初入校园读一年级的时候，校长微笑着的问候，老师蹲下为我系鞋带，让我感受到上学原来是一件这么幸福的事情，也让我感受到老师和学生之间是可以这么平等融洽地相处。

到了二年级，我开始在学校寄宿。我那时常常思念父母，每当晚自习下课，都会哭得一把鼻子一把泪的。每当这时同学和老师都会过来安慰我。

那时懵懂的我理解了什么叫互相关怀。四年级，我们十岁，学校为我们组织了一场十岁成长礼。那一天父母拉着我的手，我们走过红毯，来到操场上听校长讲话。我意识到我们每一天都在成长，直到有一天我们能承担责任的时候，才是真正长大了。

让我印象最为深刻的是三年级，学校组织了“让城市在爱中醒来”的活动。那天是12月的最后一天。凌晨三点的郑州，夜空还是漆黑一片，零下8度的低气温，冻得路边的小树纹丝不动。我们在寒风中接过李校长手中的大旗，带着李校长的叮嘱，从学校出发，走进这座城市的各行各业、角角落落。我们看到了从未看到过的景象：热气腾腾的炊烟就像这座城市在寒冷中呼出的一丝丝热气，顿时让城市有了家的温暖；闪烁的公交车灯，犹如城市之眼，映照得这座城市一片通明；宽厚皲裂的双手，清扫着一片接着一片落下的枯叶，那“沙沙沙”声就像妈妈一声一声的呼唤，呼唤着这座城市在爱中醒来。那时我们亲爱的班主任——樊老师，正怀着孕，依然扛着学校的大旗陪我们步行了几公里，到达郑州大学地铁站。在地铁站，我不但学习了许多关于地铁的知识，而且还看到了早晨忙碌的工作人员、来来往往为家人为未来奔波的行人。那天我懂得了什么是爱，老师的陪伴是爱，每天早晨妈妈为我早起做饭是爱，每一个人都在为这座城市努力着是爱。我懂得了什么是尊重，对卖早餐的叔叔阿姨说声“谢谢”是尊重，对公交司机师傅说声“谢谢”是尊重，对清洁工说声“谢谢”是尊重。从那天起，感恩的种子深深地埋在了我的心底，感恩这座城市，更感恩为这座城市付出爱的人们。

对我影响最深的是五年级这一年，疫情大暴发，我们每一天都待在家里，恐惧、无聊紧紧伴随。不能见到亲戚，不能见到同学，不能见到老师，铺天盖地的只有网上、电视上报道的一天比一天严重的疫情，还有各种陌生的网课。那段时间全国上下大门紧闭、人人自危，仿佛时间都静止了，电影里的世界末日仿佛变成了现实。未来，此时是那么遥不可及，不

敢憧憬，却又从未有过的那么渴望、渴盼。我问妈妈：“妈妈，我们都会死吗？”灾难面前，迷茫、焦虑不会放过任何一个人，尤其是承受着生活压力的大人。所以，这段特殊的时光也见证了我和爸爸妈妈是如何由相亲相爱到多看一眼就想红脸，多说一句就想瞪眼。就在这迷茫的时候，李校长开始每天录制一条60秒的语音来鼓励我们、陪伴我们。我依然记得李校长录制的第一条60秒是《同学们，开学啦》。李校长说：“开学，就是开始上学、开始学习啦。今年开学，学习只能线上进行，但是我每天的‘校长60秒’也上线啦，我依然就在你们身边。”那一刻，突然就有了身处学校的即视感，仿佛又看到了李校长走进餐厅和我们一起聊天一起吃饭的场景，我的心不那么躁动了。正如李校长所说的那样，我们只是学习的地点变了，学习的方式变了，但是我们学习的心不能变。接下来，李校长陆续为我们录制了《给自己定个闹钟》《请记下自己的体重》《10.92%》《逆行》《隔离》《家务》等，每一篇都和我们当时的生活状态和心理状态紧密联系，好像李校长在我家装了摄像头一样。通过《给自己定个闹钟》，我开始改变被打乱的作息时间；通过《请记下自己的体重》，我开始远离手机电视运动起来；通过《隔离》，我开始不再惧怕出入小区时的各种检测，我学会了坦然淡定面对突如其来的变故；通过《家务》，我开始走近爸爸妈妈动手和他们一起干活，爸爸妈妈高兴地笑了，我也笑了。直到今天，聆听“校长60秒”已经成为我对明天、对未来的一种期待，一种美好的期待。

未来，说远，她遥不可及；说近，她伸手可触。也许，下一秒，世界就会瞬息万变；也许，下一个世纪，这里早已沧海桑田；也许，下一个6年，我依然站在台上讲我的小学故事。未来，虽然未知，但是一定会来。只是，我不再害怕，不再恐惧，不再焦虑。我会在阳光明媚的日子里，与身边人和睦相处，就像一年级踏入校门时老师微笑着拉着我的手；我会在风起叶舞时，轻轻捡起落在地上的黄叶，就像三年级那个凌晨一样，用爱守护着这座城市；我会在黑云翻滚时，捧起手中的书，静听雨打芭蕉，就像五年级疫情来临时，李校长风轻云淡地和我们聊着要运动减肥。亲爱的老师们，亲爱的同学们，未来已来，让我们伸出双手触摸未来，让我们张开怀抱，大声地说：来吧，未来！

我的演讲到此完毕，谢谢大家。

◆ 教师评语 ◆

“未来”是个抽象又遥远的词语。作者用自己在小学阶段的亲身经历与成长，情真意切又力量满满地诠释了“把握当下，无惧未来”的主题。

（指导教师：樊婧）

我们都是追梦人

王元昊　12 岁

尊敬的老师，亲爱的同学们，大家下午好！

我是来自于六（7）班的王元昊，今天我要为大家演讲的题目是《我们都是追梦人》。

著名作家冰心老人说："他是1亿中国人民心目中的第一位完人。"美国前总统肯尼迪的夫人杰奎琳说："全世界我只敬重和崇拜一个人，就是中国的他！"大家知道这个他是谁吗？他就是我们大家都敬重的周恩来总理。在一次课堂上，校长向同学们提出了"为什么而读书"的问题，13岁的周恩来清晰而坚定地回答道："为中华之崛起而读书！"

青年兴，则国家兴；青年强，则国家强；青年一代有理想、有担当，国家就有前途，民族就有希望！一代人有一代人的使命，一代人有一代人的担当。

说到这里，我不由得想起了我的父亲，他出生在洛阳一个非常普通的家庭，他上小学的学校特别小，全校不足300人，但小升初时他却考出了全区第一名的好成绩。进入了初中重点班后，他发现好多同学已经通过提高班，熟知了奥数和英语，而他却是从零开始。第一次月考，他排名倒数，但他完全没有灰心；第二次考试，他取得了第一名的优异成绩。我很难想象，在这么短的时间里他付出了多少时间和精力。他用亲身经历教育我，使我懂得了付出才能有收获，原地踏步就是落后。

现在的00后、10后却经常说："时代不同了，我们现在的条件可比80后90后好多了，还这么努力干吗？"但是你知道吗？如果我们不能紧跟上时代的脚步，就会被时代无情抛弃。

如果说我们的未来是祖国的希望，那它更是家庭的希望。我们是父母生命的延续。我们身边有多少父母，为了孩子殚精竭虑，操碎了心。又有多少父母，为了孩子日夜操劳、含辛茹苦。而我们现阶段唯一能做的就是好好学习，健康成长，让我们的家人多露出宽慰的笑容，让我们对未来多一些把握。

中央电视台有一个节目叫《朝闻天下》，相信大家都看过吧。

2020年2月11日上午播出过一期节目，吸引了大家的目光。它讲述了一个湖北女孩的故事：公安县95后女医生——甘如意，她用四天三夜的时间骑单车300公里，奔赴武汉抗击疫情。不要小看这几个简单的数字，它的背后是一个24岁女孩奔赴战场的全过程。

在这短短的几天内，她既要克服路途的艰难与寂寞，也要克服疲劳和恐惧。她想尽办法，用骑自行车、搭车、步行等方式，历经四天三夜跋涉300余公里，只为尽快回到武汉，加入到抗疫一线的工作中去。她的想法很简单："为了能替一下忙碌的同事。"

她是年轻的，也是有担当的，从她身上我们看到一个95后女孩儿的责任心，她理解、爱护同事，成为我们当之无愧的榜样和力量。

在艾瑞德，我们的校风是"干净、有序、读书"，这是每个艾瑞德学子都具备的品德。在这里，我们有温暖智慧的校长，我们有宽严相济的老师，我们还有优越的学习环境，这一切都督促我们应为了未来而发奋读书。在艾瑞德，只要我们心中有理想，那么我们脚下就会有力量，未来就会有希望。

我们是新时代的少年，既生逢其时，也重任在肩；既是追梦者，也是圆梦人。有责任、有担当、有奋斗、有奉献的人生才是有意义的人生。

最后借用毛泽东青年时代创作的一首诗与大家共勉：

"孩儿立志出乡关，学不成名誓不还。埋骨何须桑梓地，人生无处不青山。"

让我们一起为了未来，把握现在，勇敢追逐梦想吧！

我的演讲到此结束，感谢大家的倾听。

◆ 教师评语 ◆

"我们都是追梦人"是当下非常热的话题。作者讲述了不同时代、不同身份三个追梦人的故事，从伟人周恩来总理的故事，到自己父亲的故事，又到95后女孩骑行千里奔赴抗疫一线的故事，告诉读者：时代在变，追梦的心不变。作为新时代的少年，勇敢追逐梦想，是继承，更是使命。

（指导教师：葛娟）

以梦想筑未来

孙浩翔　12 岁

未来，永远都是一个令人无限神往的话题。未来是一个未知的世界，它有着无限的梦想和无穷的遐思；未来是一个神秘的世界，它有着朦胧的脸庞和依稀的五官；未来是一个不可探求的世界，只有时间能猜透它的心思。

时间是最公正的裁判，那我们如何才能将自己的未来把握在手中呢？只有从小事做起，从现在做起，比如树立一个梦想。

在有些人看来，梦想不过是虚无缥缈的东西罢了，但它可能决定着你的一生。当然，努力也很重要，但再努力的奔跑，没有目标也会迷失方向。梦想是通往未来的唯一道路，它崎岖、黑暗，需要你的付出，你若坚持到了最后，必将收获喜悦。

举个例子，伟大的科学家霍金在十三四岁时就已经下定决心要从事物理学和天文学的研究了。从 17 岁那年起，他便奔赴于各大学院求学，最后

更是投身宇宙学。可惜好景不长，他发现自己患上了卢伽雷症，医生对此病毫无办法，劝他放弃从事研究的理想，他却不愿这样低头。过了几年，他发现病情恶化的速度减慢了，于是便重拾信心，排除万难，从挫折中站了起来，勇敢地面对这次不幸，继续醉心研究。霍金在痛苦中挣扎了数十年。他没有放弃希望，更没有放弃梦想。他用自己坚强的内心成就了一方盛名。他不仅保全了自己的未来，更缔造了我们的未来。

每个人都有一两个属于自己的梦想，可为什么却很少有人能成功呢？因为他们没有耐心——这是一个看似不起眼，却是十分重要的因素。

如果你想要看见彩虹，就必须要先学会等待、脚踏实地奋斗，机会永远留给有准备的人。

汉代著名文学家司马迁从小就立志要编一本史书。长大后，他用双脚丈量祖国大好河山，历过千次险，受过千次苦，努过千次力，终于编著了被称为“史家之绝唱，无韵之离骚”的《史记》。

总的来说，未来是自己创造的。陶渊明心中的未来是“采菊东篱下，悠然见南山”，于是当他隐居南山后，那未来就在他的秋菊旁，就在他那诗情画意的生活中。马丁·路德·金心中未来的蓝图是人人平等，消除种族歧视，于是当美国黑人之音《I have a dream》震惊白宫后，黑人的未来不再是梦。

我认为只有认准目标、努力奋斗、耐心等待，才能收获属于自己的未来。哪怕无数次跌倒，也要无数次爬起，愿大家都能实现梦想，铸就未来！

◆ 教师评语 ◆

作者在文中引经据典，既有伟大的科学家霍金少年立志的故事，又有汉代司马迁立志著书的故事，从陶渊明的隐居到马丁　路德　金的演讲，层层递进，阐述了追梦奋斗的主题。

（指导教师：李晓岚）

第七章

梧桐花开

云开月明

暴　雨

胡家豪　12岁

早晨，天空阴云密布，一股热浪朝我袭来，成群结队的蚂蚁从我身边走过。

小区的池塘里，一只只蜻蜓在水面上空飞舞，一声声闷雷在头顶轮番轰炸，一道道闪电在天边交互大战。无数的蚊虫发出“嗡嗡嗡”“嘤嘤嘤”的响声，像是在逃难，又像是在厮杀，令我头皮发麻。街上的行人神色匆匆，似乎都想赶在暴雨来临前能找个避身的地方，有的人已经撑起了伞，时刻准备迎接一场大雨的到来。

不一会儿，大雨果然骤然而降，“哗啦啦”“哗啦啦”，犹如《西游记》里十万天兵天将从天而降。倏忽间，街上的行人迅速少了很多，路上小摊的叫卖声更是像从人间蒸发了一样，消失得无影无踪，只剩下风声、雨声、雷声。

夹杂着雷声的雨点，拍打在柏油路上，发出沉闷的“嗒嗒”声，声声入心。不知何时，天空中竟飘着了一层薄薄的雾，让我感觉像是到了仙境一样。人在里面走，还真有一种飘飘欲仙的感觉。

慢慢地，雨越来越小了，雾却越来越浓了。渐渐地，雾也越来越淡了。此时，天空划过一道彩虹。

◆ 教师评语 ◆

小作者用丰富的想象、形象的比喻将暴雨来临前、暴雨骤降时的场景，描写得真实可触，读来犹如身临其境。

（指导教师：樊婧）

清　晨

李嘉和　12 岁

清晨六点左右，东方的天空染着微微的红晕。接着，出现了一个倒弯形的小月牙儿，好看极了。

慢慢地，这月牙儿的周围，大片大片的云朵被点亮了。太阳缓缓上升，渐渐地，小月牙儿变成小半圆。我闭上眼睛，深吸一口气，那是清晨的味道，是太阳的味道。当小半圆变化为大太阳时，天空瞬间明亮了起来，那一道道彩云好似一条条锦缎，焕然一新。

太阳出来后，几只小鸟“叽叽喳喳”的声音传来，我循声望去，发现临近窗台的树上的确有几只小鸟，它们正扑棱着尚柔弱的翅膀，张着樱红的小尖嘴，对着一只大鸟啼叫，那情形好像在说：“妈妈，妈妈，我要吃虫

子。”那大鸟用自己宽厚的翅膀轻轻地将跳跃到巢边的幼鸟往窝里拢拢，又轻轻地拍拍，用额头温柔地抵抵幼鸟的脖颈，用喙轻轻地啄啄幼鸟的额头。那幼鸟也温驯地安静下来，看着大鸟振翅高飞而去。我想它是为它的子女们寻找食物去了吧。

隐约间我又听到了几声喝声：“退，退，好，可以进来了。”原来，是我们楼下洗车店的小哥哥们。天微微亮，他们就已经开始为早起出行的人们服务了。一切都醒来了。

◆ 教师评语 ◆

小作者用仔细的观察、细腻的笔触描写了清晨鸟妈妈外出寻找虫子时与小鸟分别的场景，情感真挚，画面温暖。

（指导教师：樊婧）

一场没有硝烟的战役

桑 越 12岁

2020年，一场没有硝烟的战役在中国打响。新型冠状病毒肺炎像恶魔

一样疯狂地侵害着人们的身体，甚至夺走一个个鲜活的生命。

以前听妈妈讲起过 2003 年中国经历的那场“非典”战役。她说当时并没有太多的感触，只觉得病毒好可怕。而今——这个不能出门的寒假让我深切感受到新冠肺炎的可怕。它的传播速度很快，可以通过人传人的方式快速侵害人的身体。不到几天的时间，得病的人越来越多。我每天都会关注新闻，每天确诊数据和疑似数据都在增加，在这些数据的背后是一个个鲜活的生命，一个个幸福的家。看到数字不断攀升，我的内心就像绳子拧在一起……

现在，室外冷冷清清，小区里空荡荡的。望着窗外，我不禁感到有些难过，偶尔看到小区里闪过的身影，每个人都戴着那大大的让人看起来很不舒服的口罩。我眼里所见到的这些也并不是全部。我被新闻报道里一线奋斗的医务人员、武警战士所感动。医护人员脱下防护服后，脸上都被勒出一条条印痕，手都溃烂了。他们竭尽全力守护更多的患者，不分昼夜为所有病人服务。看到这些镜头我心里都有一股暖流，我想我们中国人是不会被病魔打垮的，因为我们中国有许多舍小家为大家的人在默默战斗着，他们虽然在平凡的岗位上工作，但我觉得他们就是一个个伟大的英雄。

在这场抗疫战争中涌现出一个又一个普通而又不平凡的人。他们为国家为人民着想，默默地守护着奋斗在一线的白衣战士，捐出自己种的蔬菜、自己买来的口罩，为一线人员送饭，送他们回家 …… 还有一位少先队员默默地捐出了自己所有的压岁钱支持武汉的医院。我也是一名少先队员，我也希望捐献爱心帮助到更多需要帮助的人。

每天宅在家里看到外面阳光普照大地时，看到雪花飘落时，我都想到外面撒个欢儿。但是窗外正进行着一场没有硝烟的战役，等到疫情过去了，我一定要好好享受阳光的温暖，享受皑皑白雪带来的快乐。现在我能做的就是保护好自己和家人，勤洗手、多通风、喝开水、吃熟食、不出门、不聚众，出门一定要戴口罩做好预防，坚决不让自己生病，少一个病人就让国家少一份负担，老老实实待在家里，不给那些守护我们的人添麻烦。

战争的号角已经吹响，湖北告急！武汉告急！信阳、南阳告急！危难时刻，方显真情，一方有难八方支援。全国人民上下一心，众志成城，不管是奋战在一线的医务工作者、解放军战士，还是在平凡岗位上默默守护、无私奉献的每一个人，大家都全身心投入到这场抗击“新冠肺炎疫情”的战争中。无数人默默付出，太多正能量在不为人知的地方传递，这些必将凝聚成一股巨大的力量向疫情发动坚决的反击。相信我们伟大的祖国一定能早日战胜“新冠恶魔”。中国加油！武汉加油！河南加油！

◆ 教师评语 ◆

面对突发的疫情，小作者站在儿童的视角观察着世界的变化，用稚嫩的文字记录着危难面前的感人画面，发出“一方有难八方支援 ”的呼吁。这正是新时代儿童应有的道德素养。

（指导教师：樊婧）

不能出门的寒假

李牧远　12 岁

2003 年的 SARS 病毒在人类还没来得及摸清状况时，在各地迅速蔓延开来，造成了很多人感染。

而现在 2020 年，又出现了一种新型冠状病毒。疫情来势汹汹，每一个人都要做好防护。

在家里，大家要用洗手液洗手，用 7 步洗手法洗手，勤通风，多消毒，不吃野味，不去人多的地方。

我每天都会在家了解新型冠状病毒的信息，妈妈还特意让我看了一个关于新冠病毒的视频，了解它的形状、传播途径，怎么预防。我们家用“84”消毒，妈妈出门买菜戴口罩，戴眼镜，还会戴上手套，口袋里随时带着酒精。最重要的是我们全家已经好多天没有出过门了。元宵节，我在家制作了一个彩色的蜂窝灯笼，妈妈写了 20 张谜语，爸爸和弟弟用一根线把灯笼和谜语挂了起来，我们全家一起赏灯猜谜，愉快地度过了元宵节。

学校响应国家号召，在钉钉上用云学习视频上课。开学那天我非常激动，早早地打开电脑，穿戴整齐，等待升旗仪式。李校长一如既往为我们讲了新学期的第一个故事，他为我们讲了 84 岁的钟南山院士在前线战斗的故事，听了他的故事，我觉得我要好好学习知识，长大了也像钟南山院士一样冲在前线，为国奉献。

这就是我不能出门的寒假，有人说不能出门的寒假很无聊，但是，看了我的故事，你想无聊都很难哦。

◆ 教师评语 ◆

疫情面前，小作者用自己独特的方式让自己和家人的生活充满乐趣，给阴霾的特殊时期带来了色彩，充满正能量。

（指导教师：樊婧）

我想为祖国出份力

姚尚泽　12 岁

病毒在持续蔓延，这种新型冠状病毒的传染性极强，为了防止感染，我们必须守候在家。我们的寒假也因此变得特别漫长。

每天晚上我都会看新闻联播，了解疫情，我的心情也因此变得非常沉闷。在疫情之下，每天都有那么多的新增患者被隔离或就医，给家庭带来了很大的痛苦。但幸运的是，我们国家有很多伟大的医护人员，他们冒着生命危险全力救治病人，使他们恢复健康，让家庭团圆。我真想让这病毒的蔓延快点停下来，真想帮助我们的国家渡过这次难关，但我还是一名小学生，唯一能做的就是待在家中，天天做好卫生，好好锻炼身体，不让病毒入侵。

我也是幸运的，现在我的学校正在筹备云课堂，有名著赏析、科学实验、英语绘本故事、家政、体能等等，课程内容丰富多彩。虽然不能回到学校，但老师和同学们依然可以陪伴在我身边，我们会一起朗读，一起做运动，一起为我们的国家加油。我特别期待云课堂的到来，我们将把每一天充实起来，获得更多的知识，让自己变得越来越强大。

我要珍惜每一天，好好学习，用知识武装我们的头脑。希望在不久的将来，我也能成为一名科学家，能够在国家遇到困难的时候挺身而出，为国家贡献一份力量！

◆ 教师评语 ◆

在有关疫情的消息铺天盖地而来时，小作者看到的是祖国的强大，感受到的是自己的幸运，表达了为国家发展做贡献的愿望。

（指导教师：樊婧）

中秋赏月

姜羿含　12 岁

“今夜月明人尽望，不知秋思落谁家。”又是一年一度的中秋节，阖家团聚的日子，我的心头却被一丝丝忧愁缠绕着，许久都无法明朗。

不经意间抬头望向窗外，发现那皎洁的月亮早已爬上了夜空，星星也不停地眨着眼睛。啊，今晚的月色真美！

就这么站在夜空下，享受着那清凉的微风拂过我的脸颊，轻轻闭上眼，细细感受着时间的流动，在那一刻，仿佛所有的烦恼都随风飘散了，剩下的就只有那皎洁的月亮陪着我了。

半晌，一个细细的嗓音打破了这难得的沉静。原来是妈妈，她看我在院中独自赏月，便唤我回屋吃月饼。我满脸泪痕转过身紧紧地抱住妈妈：“妈妈，你还记得去年中秋节吗？我们和爷爷一起出去玩，如今……如今……爷爷不在了……”我的声音颤抖到无法再言语，眼泪又不由自主地打湿了衣裳。

妈妈轻抚着我的后背：“孩子，我知道你也想念爷爷了……”抽泣声盖过了后面的话。不知道过了多久，我终于睁开眼睛，擦了擦眼泪，抬头望着那月亮——可能，爷爷此时就在天上望着我们吧。

我亲爱的爷爷，您还好吗？您的屋子我们收拾得特别干净，那些您爱看的书还整整齐齐地在书柜里，我和弟弟又长高了，这些，您都知道吗？

我亲爱的爷爷，若您是月亮，我就是天空中一颗微不足道的星星，永

远陪在您身边；若您是河流，我就是河底一块默默无闻的石头，永远陪在您身边；若您是高山，我就是山间一棵小树苗，永远陪在您身边。

时光如流水，所有逝去的都将一去不复返。然而，那抹皎洁的月光却一直萦绕在我的心间。

◆ 教师评语 ◆

今夜月明人尽望，不知秋思落谁家。文章最难的是写出真情实感，而这篇文章用细腻的笔触写尽了对爷爷的思念，情之深，情之重，读来让人不禁也潸然落泪。

（指导教师：李晓岚）

姥姥的手擀面

李佩妍　11 岁

从小到大我吃过最好吃的面就是姥姥的手擀面，那种味道是独一无二的，也是我这一生永远都不能忘记的味道。

小时候我是在姥姥家长大的，我印象最深的就是姥姥做手擀面时的样子。那时候的姥姥还年轻，擀起面来十分有劲儿。只见她挽着袖子，围着围裙在厨房里和面。胳膊有力地揉着面，她的身体一会儿向前倾，一会儿往后仰，一刻都不停歇，身子像随着节拍晃动，每当此时我就会不由自主地让脚拍打着地板，应和着她和面的节奏。姥姥和面的动作一气呵成，一点儿也不拖泥带水。一大团面很快就和好了，摸上去硬硬的，还很光滑。面和好了就开始擀面。姥姥把面团放到案板上，撒上干面粉，拿出擀面杖开始擀。面团在案板上一会儿横着，一会儿竖着。卷在擀面杖上的面在不断地长大，不一会儿就成了和案板一样大并且厚度均匀的面片。抽掉擀面杖，姥姥把面片像千层饼一样一层一层地叠加起来，变得像手掌那样宽。姥姥左手的手指弯曲，轻轻按着面，右手拿刀，刀贴着左手指，一刀一刀地切下去，切面的动作缓慢有力度，切出的面整齐而且均匀，宽度像柳叶一样，姥姥说这就叫柳叶面。有时候姥姥还会做手擀面叶，把擀好的面卷到擀面杖上，用刀在面上均匀地划几道，然后把面铺开，再用刀切成菱形，最后把摞在一起的面抖开就成了面叶。

我是吃着姥姥做的手擀面长大的。捞面是面多汤少，汤面是面多汤也多。无论是汤面还是捞面，吃着都很筋道，让人回味无穷。

长大以后，我来到郑州上学，就很少吃到姥姥的手擀面了。姥姥渐渐老了，身体一年不如一年，她已经没有力气再去擀面了。家里买了轧面用的机器，从此，机器轧面代替了手擀面。

又是一年国庆节，我和爸爸妈妈回老家探望姥姥，姥姥非常开心。第二天一大早，姥姥就开始做手擀面了。姥姥老了，白发苍苍，满脸布满皱纹，个子也变矮了，她特意搬了一个小板凳站在上面。她年龄大了使不上劲，擀面的动作也不再那么麻利。她气喘吁吁，擀一会儿歇一会儿，额头布满汗珠。看到她这样，我的眼泪扑簌簌地往下掉，忍了好久强装笑脸地说："姥姥，轧面好吃，您别擀了。"姥姥笑着说："我知道妍儿想吃手擀面了，趁现在还能给你做，就让你解解馋，以后恐怕就吃不上姥姥的手擀面了。”

吃面时我把碗端到了后院，眼泪一滴一滴地落到碗里，我希望姥姥永远年轻，永远健康长寿。

姥姥做的手擀面是全世界最好吃的面。面的味道让我终生难忘。现在我也学会做手擀面了，下次回老家的时候我要做手擀面给姥姥吃。并说一声：“姥姥，谢谢您！您辛苦了！”

◆教师评语◆

小作者善于观察，把姥姥擀面时的动作观察得细致入微，姥姥慈祥的形象跃然纸上，字里行间饱含着对姥姥深深的爱和知恩感恩的情怀。

（辅导教师：赵首梅）

春之奏鸣曲

赵艺雯　9岁

春天来了，校园里悄悄地发生了很多变化，快随我来看。

春风吹得柳树发了芽。微风拂过，柳条飘动，像小姑娘的长辫子，这场景恰似贺知章的《咏柳》："碧玉妆成一树高，万条垂下绿丝绦。不知细叶谁裁出，二月春风似剪刀。"

春风吹得桃花羞红了脸。粉红的桃花你不让我，我不让你，层层叠叠盛开在枝头，真的是"千朵万朵压枝低"呀！一场春雨过后，深红浅红的花瓣落了一地，让我不禁想起了"夜来风雨声，花落知多少"。

春风吹得蔷薇爬满了墙。茂密的枝叶间，隐约冒出了零零星星的蔷薇花骨朵，就像春天的眼睛。微风吹来，围墙泛起层层绿色的波浪。

还有呢，还有呢，红叶石楠迫不及待地发了芽，湘妃竹青翠得似乎要滴出水来，杨树下的"毛毛虫"踩上去软绵绵的……这就是我们美丽的校园，我最喜欢她春天的样子。

◆教师评语◆

小作者把春天的校园描绘得如此生机勃勃、美丽妖娆，充分体现了学生对学校的热爱之情。艾瑞德的每个孩子都爱艾瑞德，这里是爱的港湾，这里是成长的摇篮，这里有幸福的时光，这里有珍贵的回忆。孩子，艾瑞德是你的家，常回家看看。

（辅导教师：赵首梅）

小蚂蚁“上班”了

乔奕茗　10岁

在明媚的春光中，小蚂蚁们出门“上班”了。

一天早上，我在一块大石头下面发现了许多小蚂蚁，好奇心驱使我蹲下来观察它们。蚂蚁越聚越多，这时我发现，蚂蚁在路上碰到小伙伴后，触角就摆动得特别频繁，还时不时地互相碰一碰触角，似乎在交流着什么，并且它们好像都在朝着同一个方向慢慢移动。顺着它们的路线，我发现了一只大肥虫。原来，它们正在对这只虫子发起进攻。离目标越来越近了，只见它们不慌不忙、井然有序地将大肥虫抬了起来，然后齐心协力地往窝里抬。以前，我总认为蚂蚁是弱小的动物，今天我才发现，原来它们团结起来，力量是非常大的。我从蚂蚁身上看到了团结、勤劳、不怕困难的精神品质。

◆ 教师评语 ◆

童年是属于大自然的。小小的蚂蚁让孩子研究了半天，欣喜了好久。读完此文，老师仿佛看到一个好奇的孩子趴在石头上认真观察蚂蚁的情景，小作者用生动的笔触把小蚂蚁交流的方式和搬运虫子的场景形象地描绘出来，结尾的观察心得，更看出这是个有思想有悟性的孩子。

（辅导教师：赵首梅）

金鱼的眼睛

陈浩宇　10 岁

我家养了一群可爱的小金鱼，一条条长得美丽极了。我常常盯着它们，看得如痴如醉。

一天晚上，我上厕所时顺便看了一眼金鱼，突然发现它们的眼睛是睁着的。我以为它们没有睡觉，还在活动，仔细一看，它们都一动不动。这时我又担心又好奇，小金鱼一动不动是在睡觉吗？都这么晚了，为什么小金鱼的眼睛还是睁开的？

我顿时睡意全无，好奇心驱使我打开电脑，上网查起了相关资料。原来，鱼是没有眼睑的，眼睛闭不上，所以鱼睁着眼睛睡觉，有时静止不动睡觉，有时一边游一边睡觉。

大自然还有多少奥秘是我们不知道的呢？让我们一起去探索和发现吧。

◆ 教师评语 ◆

热爱大自然，对大自然充满好奇并乐于探索其中奥秘，是童年的天性。为爱求知、善学习的孩子竖起大拇指。

（辅导教师：赵首梅）

掉牙记

方泽羽　11 岁

早上起床时，我感觉右边有颗牙齿松动了。想把它拔掉吧，又有点儿怕疼。怎么办呢?

吃早饭时，我不敢碰右边的牙，只能用左边的牙咀嚼。整个上午，一有空我就不停地用舌头舔它，不时会感到有阵阵血腥味进到喉咙里，很不舒服。我用手来回地摇晃牙齿，想把它晃掉，可它就是不掉。唉！好烦哪。

上课的时候，老师在讲课，我还是忍不住去舔它。写作业的时候，右手拿着笔，左手还控制不住地想摸它。终于放学啦，我摆好姿势，准备与它决战。我用舌尖顶住牙根儿，闭着眼，一狠心，一使劲，一下子就把它拔了下来。我用凉开水漱了漱口，出了一点儿血，没怎么感觉到疼，反倒觉得好轻松。

这真是应了那句古话："当断不断，反受其乱。"

◆ 教师评语 ◆

一颗松动的牙让孩子烦恼着，拔掉牙后又让孩子轻松起来。读完此文，一个调皮可爱的孩子在捣鼓牙齿时的形象鲜活地出现在眼前。细腻的心理

描写，形象的动作描述，小作者把掉牙的过程生动形象地写了出来，是一篇佳作。

（辅导教师：赵首梅）

我是一个读书控

尹浩宇　12岁

我喜欢看书，我对书有一种很深的感情，读书对我来说，就像鱼儿离不开水、花儿离不开太阳、婴儿离不开妈妈一样。我每天都沉浸在书中，汲取知识的营养，真的觉得“一日无书，百日荒芜”。书不但是我的良师，也是我的益友。我随时随地都会拿着书在看，我觉得我就是一个十足的读书控。

有一次，我在家里看《水浒转》，正当看得津津有味时，爸爸却让我下楼去买酱油，看着爸爸忙得满头大汗的样子，我很不情愿地放下书跑下楼去，心想：赶快买完酱油，回来看书。想着想着就跑了起来，路上脑子里还回放着书中的场景。武松喝了很多酒，竟然在林中的大石头上睡着了。万一此时老虎来了怎么办？我气喘吁吁地跑到商店，张口就对老板说：“小二，给我来一壶酒。”商店老板目瞪口呆地看着我，我以为他没有听见我说的话，就大声地重复了一遍：“小二，给我来一壶酒。”过了半天，我见他不回应我，就奇怪地看着老板，我发现老板比我还吃惊。他惊讶地看着我说：“小朋友，你确定要一壶酒吗？”我头点得像鸡啄米一样：“嗯，是的，快点吧！”老板把“酱油”给我后，我把钱往柜台上一放，拿起“酱油”就一口气跑回家，把“酱油”放在厨房里，就又回到书桌前看起书来。看到“武松打虎”最精彩的那一段，我不停地为武松叫好。这时，听见爸爸在厨房里大喊：“浩宇，我让你买的酱油呢？”我头也不抬地说：“在灶台上哩！”爸爸声音更大了：“你过来看看你买的是什么？”我急忙放下书，跑进厨房，看到爸爸手里拿的竟然是一壶酒！啊？原来，我买的不是酱油，而是酒呀！爸爸看着我，吼道：“找你的零钱呢？”我急忙翻口袋，翻遍了所有的口袋，也没有找到老板找给我的零钱，这时才反应过来，我根本没有拿老板找给我的零钱就跑了。爸爸看着我哭笑不得，他用手指着我的鼻子说：“你这个读书控呀，真拿你没有办法啊！”然后他就关了火，下楼去找商店老板了。

“书籍是人类进步的阶梯”，也是“全世界的营养品”，我就这样天天遨游在知识的海洋里。书，让我开心；书，让我增长知识；书，让我认识了事物的真理；书，带我走进了昆虫王国和植物的世界……我在书的海洋中，结识了中外名人，认识到友谊的珍贵，懂得了许多做人的道理……

随着年龄的增长，我这个“读书控”读的书越来越多了，知识也越来越丰富，动不动就出口成章，常常让爸爸接不上话，作文也写得越来越棒，经常在各种小报上发表。这都是书给我带来的变化和收获。我深知学无止境，还要多读书，不断充实自己。

古人云“书中自有黄金屋，书中自有颜如玉”。我也觉得，书是开启智慧大门的金钥匙。我以后要读更多的书，让视野更开阔，让知识更渊博。

◆ 教师评语 ◆

本文选取的事例很典型，巧妙地和书中的故事紧密相连。小作者正在如醉如痴读着书，却突然被爸爸叫去买酱油，还沉溺于书中的他一边走一边和书中的人物同呼吸共命运。通过传神的动作描写，幽默的语言描写，细腻的心理描写，把“控”凸显得淋漓尽致，使小书迷鲜活可爱的样子跃然纸上。

（辅导教师：赵首梅）

天边飞来一只鸟

赵艺雯　12 岁

我是一只美丽的小鸟，我的羽毛是绿色的。为什么会是绿色的呢？因为我不管飞到哪里，哪里就会变得像春天一样充满生机，到处都是欢声笑语。

我的家住在远方的一棵大树上，那里有成千上万只可爱的小鸟，我们祖祖辈辈在这里无忧无虑地生活着。

我是一只乐于助人的小鸟，我要去很多地方，帮助很多人。

我要去的第一个地方是一条小溪，这条小溪已经干涸了，两岸的土地

干得都裂开了缝，树全部蔫蔫地耷拉着脑袋，村子里的人吃水要到很远的地方去挑。我赶紧飞到小溪边。村子里有几个孩子看见了我，指着我开心地喊着："快看呀，天上有一只绿色的小鸟！"看到他们干渴的样子，我心里难过极了，故作欢快地对着他们叫了几声，希望这样能给他们带来一些欢乐。我对着干涸的小溪扇了扇翅膀。神奇的景象出现了："哗"的一声，小溪尽头的山丘上垂下了一条美丽的瀑布，瀑布顺流而下，转眼间就铺满了整条小溪，溪水清澈，波光粼粼。村子里的人看见了惊喜地喊着："快来呀，小溪有水了！"看到开心不已的人们和汩汩流向土地里的溪水，我开心地笑了，扑扑翅膀飞走了。

我飞向山区，在陡峭的山上看到几个蠕动的小身影，这是一群孩子，他们背着书包，手抓着藤条小心翼翼地、艰难地向上爬着。在大山深处，很远的地方才有一座学校，孩子们每天都要翻越几座山。路上没有梯子，没有缆车，他们上学、放学要抓着藤条攀岩两三个小时。大孩子拉着小孩子，脚下没有路，没有梯子，也没有台阶。藤条颤巍巍的，碎石不时滚滚落下，让人看得胆战心惊。多危险呀！看到孩子们这样危险，我的心都要碎了。我飞到他们头顶，对着大山使劲地扇了扇翅膀，一转眼，几百级宽宽的台阶就呈现在孩子们的面前。台阶是水泥和钢筋做的，很宽，坡度很缓，两边还有坚固的栏杆。孩子们激动极了，他们欣喜若狂地踏上台阶，激动地摸着栏杆，惊讶地你看看我，我看看你，仿佛是在梦中。当确定是真实的台阶后，便迈着大步唱着欢快的山歌上学去了。看到孩子们高兴极了的样子，我也非常开心。

接着，我开始了遥远的旅程，经过无数天的飞行，我终于飞到了遥远的北方。这里冰天雪地，北风怒吼，常年温度在零下几十度。孩子们穿着厚厚的衣服躲在家里冷得无法出门。我忍着刺骨的寒风在他们头顶盘旋着，盘旋着，每盘旋一圈，温度就会上升几度。为了让天气变暖，我不停地在上空盘旋着。房子上、地上厚厚的冰慢慢地融化了，土地露出来了，庄稼

开始发芽了，树绿了。太阳照在地上，暖洋洋的，鸟儿出来了，花儿开了。这里变得春意盎然、五彩缤纷。孩子们脱掉厚厚的棉衣从家里跑出来了，他们来到空地上，有的欢快嘻闹，有的开心地放风筝，有的追蝴蝶，有的采野花……到处都是欢声笑语。

经过两天一夜的路程，我终于回到了我的家——一棵繁茂的大树。我很累，休息了整整一个星期，之后我的身体又充满了活力。我舒展身体，抖抖翅膀，要飞到更多的地方，重新开始我的爱心之旅。

◆ 教师评语 ◆

作者让自己化身成一只可爱的小鸟，为人间做好事，为人们谋幸福。拟人手法的运用十分生动、贴切，字里行间都是满满的爱。

（辅导教师：赵首梅）

我是一个蜘蛛控

陈仕桓　11 岁

大屏幕黑了，蜘蛛侠电影结束了。我还沉浸在刚刚飞檐走壁、拯救世

界的场景中，手里拿着心爱的蜘蛛侠玩偶。蜘蛛是一种非常神奇的动物，很多人都觉得它们很可怕，但我认为蜘蛛很可爱。

小时候，我很爱看《法布尔昆虫记》，那里面的昆虫画得惟妙惟肖、栩栩如生的，从此我便喜欢上了生物。于是，我开始看很多关于生物的书，那些书里面我最喜欢的动物就是有八条腿的蜘蛛。蜘蛛可神奇了，它断掉的腿会在下次蜕壳后长出来；蜘蛛丝又软又坚韧，它的强度数倍于钢；蜘蛛丝虽然粘，但是蜘蛛却可以在上面“横行霸道”。

我一直想自己养宠物，爸爸知道我喜欢蜘蛛，陆陆续续为我买了三只。我开始养蜘蛛了。这三只蜘蛛可不是普通的品种，而是南美热带雨林里的巨型捕鸟蛛。所谓的捕鸟蛛，当然是可以吃鸟的蜘蛛了。它们三个都非常可爱，一个毛毛像自来卷的叫洪都拉斯卷毛，一个是美丽和温驯的智利火玫瑰，还有就是长大了可以吃大马哈鱼的巴西所罗门。我时时都在观察着它们，定期给它们喂食、加水，差不多每只每周吃掉一只大麦虫。有时我还会给它们换土，连它们每次长大蜕下的壳我都会留起来。这三只蜘蛛就在我的精心呵护下一天天地长大。

学校举办国际文化周的时候，我们班代表的国家是秘鲁，于是我把我的宠物蜘蛛带到了学校作为南美来的“文化使者”，和大家分享我的快乐。很多同学都近距离看到了这种毛茸茸的可爱生灵，我讲解了蜘蛛的习性后，同学就不再害怕蜘蛛了。

我还喜欢画蜘蛛，我画的蜘蛛各种各样、姿态各异，颜色五彩缤纷的。有一回我画的蜘蛛还被美术老师发到微信朋友圈，获得了好多点赞呢。

在学校的课间，我经常和小朋友到教室外面的小树林里捉蜘蛛玩，这是我们蜘蛛控们的探奇游戏。看到我的蜘蛛笔记和听我讲的蜘蛛知识，妈妈总是惊讶地张大了嘴巴。

等我长大了，我想当一位动物学家深入地研究蜘蛛，发明有蜘蛛功能的衣服。也许有一天，人类变成蜘蛛侠不再是梦想，而我会成为一个真正

的“蜘蛛侠”。

◆ 教师评语 ◆

“纸上得来终觉浅，绝知此事要躬行。”小作者用作画的方式记录下他读过的书，用画笔描绘他喜欢的各类蜘蛛……丰富的生活经历和内心世界，便有了这不事雕琢却内容充实、自然，思想活泼、闪光的作品。生活即文章，我手写我心，这篇作品感动我们的一定是真实，一定是体验，一定是小作者作为一个“蜘蛛控”的心愿。

（辅导教师：葛娟）

天边飞来一只鸟

李昀芊　12 岁

我特别喜欢看天，因为天的颜色是画笔画不出来的。天空没有痕迹，但鸟儿已经飞过，它们能去自己想去的地方，比如大海、高山、河流……每到春天鸟儿回归之时，它们之间的私语都被我听得一清二楚。

天早，薄雾还未退去，只留下白茫茫的一片天和隐隐约约透着蓝光的海，海中总有几个黑影忽闪忽动，让人捉摸不透。水面微微的波动证明这是个不简单的家伙。

天稍晚，日头刚冒泡，羞答答的，似刚出嫁的女儿。雾被光给刺破了，不再白茫茫的，相反是金黄的，那影子也随之变成金黄的。这家伙发现了我，它开始耍套路，一直往深海处飞。我便租个小艇跟着它一起，正驶到深湾处，突然它钻入水中衔起一只鱼，急速地往浅滩飞去。可以呀，想耍我？于是我便顺水推舟陪它玩一玩。呵，好一个倒挂金钩，它漂亮地飞向了离岸边十几米远的海松树上，啃食着它的食物。

此时正午的阳光把它照得金光灿灿，像是一个包了浆的物件。我想叫它，用海边的石头、贝壳、小虾去丢它。晶莹剔透的小虾弹了出去，亲爱的鸟儿，吃吧吃吧，这是你用喙都啄不到的鲜美的虾肉。吃好了，好让我去找你玩。伶俐的鸟儿迅速地叼起小鱼，捡起小虾在空中盘旋，看着飞翔的鸟儿，我的心被落寞与钦佩给占据。

天已至下午，它在空中盘旋了又半个小时，我沮丧地望着它。这只大海鸟，似乎可以明白我的落寞，慢慢地落下来，但它又害怕我可能吃了它，于是把一块石头丢到我身边，试探着。见我没有动静，最后才缓缓地走到我身边，还把自己的鱼肉、虾肉衔到了我的面前，想要与我分享。

玩了一下午，傍晚回到酒店，虽然我两顿饭没有吃，但是那只鸟与我的故事，早让我忘了盘中的食物。我匆匆喝下汤，拿起一个面包向海边走去，坐在滩头，大喊："鸟儿，你在吗？"但空无一鸟。月光把爱的银辉洒向大海。海平线是海鸟们的琴弦，大海便潮来汐往夜夜难眠。

月光下，我光着脚踩着细沙与海水寻找着"它"，终于，它从水里露出了头，我激动地走去。它此时的羽毛洁白如雪。一溜烟，它飞走了，只留下了一支羽毛与一片星辉。

我也想当一只鸟，在蓝天下飞翔，我可以挣脱束缚，活出最真实的自己。

◆ 教师评语 ◆

小作者独特的视角，按时间顺序写了“与鸟儿的周旋”，推动了故事情节的发展。文章中的环境描写，给人以视觉上的触动，倾听鸟儿的私语，又留有听觉上的想象空间，跌宕起伏的内心变化，让我们看到了她对未来的憧憬，心之所向，素履以往。

（辅导教师：杨溢）

花开的声音

《雏凤清声：少年观世界》一书的作者是艾瑞德国际学校的小学生，他们从一年级开始在老师的带领下读各种有趣的绘本，背诵经典诗文，写图文日记。艾瑞德的语文教师充分尊重学生的表达自由，也积极肯定他们对生活最真实的感悟。不少同学喜欢阅读，也喜欢写作。

在整个小学阶段，习作是学生语文学习的一个难点。从学会完整地写一件事情，写清楚时间、地点、人物、事件的经过、结果，到能够将自己从中获得的体会和感受详略得当地呈现出来，是需要一个比较长的练习阶段的。可喜的是，随着年级的升高，同学们写得越来越好。读完这些有趣的人、好玩的事，更加理解“少年不识愁滋味”的因由，因为少年人眼里都是满满的爱和无限的快乐。

生活是个取之不尽、用之不竭的作文材料宝库。因为每天坚持写生长日记的缘故，同学们对生活格外留心。无论是行走在校园，还是出行在外，同学们都能够发现一花一草的美，对生命抱有敬畏之心。让当下被记录，在未来可以有回头看的内容。

“眼中有光、脸上有笑、心中有爱、脚下有力”是我们学生的成长目标。如何让这样的目标有抓手、有载体，让学生的成长看得见，艾瑞德国际学校提出并实践学生成长“六个一”：露过一次营、穿过一条谷、经历一种爱、访过一座城、蹚过一条河、翻过一座山。这是一个学生在学校六年生活中的经历与体验，是在校时对学校热爱之点滴，也是未来毕业后对母校眷念之源泉。读着从同学们笔下流淌出的文字，更能感受到学校“每一位学生都是美丽的不同”的儿童观。

因为喜欢写作，同学们的作文、日记中，各种各样的体裁都有涉及。他们的诗歌，充满童趣，也充满想象，令人忍俊不禁；读他们的信件，被师生之间真挚的情谊、同学之间温暖的关怀以及陌生人之间善意的传递所感动；活跃在互联网上的新一代少年对未来和科技充满兴趣，各种科幻作品和科技说明文读来让人深觉后生可畏。

读完所有文章，学生的成长进步清晰可见。一年级学生的生长日记天真烂漫，开心的因由就像天上随时可能会飘过来的一朵云，读来会让人不自觉回想起自己的童年；二年级学生已经能够学习写小的片段，这些小文就像一朵朵摇曳在春风里的花，萌动着无限欢乐；三年级学生的习作充满童趣，读来特别能让人感知新时代少年儿童语言的新奇和表达的自由；都说四年级是一道分水岭，单从习作上就可以看出他们开始从具象思维到抽象思维的巨大转变；五年级学生的习作读起来充满了欢乐，学校丰富的活动和可爱幽默的老师都被诉诸笔端；六年级是一座山，是一座需要攀爬的高山，他们需要面对毕业，需要为进入心仪的学校努力拼搏。在一天天的努力中，他们向梦想靠近，用汗水铸就未来，用拼搏实现梦想。

同学们在学校举行的各种各样的活动中积累了丰富的素材，也体验到了成长的快乐。他们在文章中让自己的表达言之有物、言之有序、言之有情。不少同学在各种报刊发表文章，品尝到了习作的甜，这极大地提升了他们习作的热情和信心。一篇小小的文章，可能就此在学生心中埋下文学

的种子。

从接到学校计划为同学们组织结集出书的消息开始，所有的语文老师都兴奋不已。每一位老师都积极投入其中，在各年级语文教研组长的带领下积极选稿、修稿，尤其是临近期末，教学任务繁重，不少老师加班加点，却甘之如饴。本书是为献礼艾瑞德国际学校建校十周年而精心编选的，每一篇入选的文章都经过老师细致指导，学生多次修改，这个过程对师生来说都是一次珍贵的体验。特别感谢李建华校长对这部书稿的关心，他每一次的问询和指导都让大家感受到了来自学校的支持。也感谢刘浩然校助和赵静主任的殷切关注，是她们在老师们选编文集之时，不断提出宝贵建议，并给予关怀。感谢组长黄冬燕带着语文组所有老师，在期末以及寒假期间不断修改完善，让书稿一点点朝着我们想象的样子靠近。

一遍又一遍通览全书，我能感受到学生习作水平的提升，也能看到教师指导学生习作的认真和用心。作文教学从来都是语文教学中的难点，尤其是青年教师，很多时候着急却无从下手。学校领导为促进教师指导习作能力的提升，采取“请进来”“走出去”等途径，积极组织教师外出学习，并聘请专家进校园指导教师成长。在吉春亚、管建刚、张祖庆、薛法根等人的线上、线下教学指导中，学校教师抓住每一次学习的机会，不断学习，不断尝试，不断突破，取得了作文教学一个又一个的进步。如今，不少语文老师都有了自己指导习作的方法，他们成了学校的教学骨干，在学校组织的名师大讲堂中分享自己的教学方法。就是在这样孜孜以求的学习中，每一位老师都收获了自己的成长，让进步切切实实被看见。

艾瑞德校园内有一条丹山路，每天清晨，行走在这条路上的少年迎着朝霞，开启一天的学习生活，雏凤之声，清亮而动人。《雏凤清声：少年观世界》于是就这样成为学生作文集的名字。我们期待，今朝，梦想在艾瑞德破土萌芽；未来，他们披荆斩棘，花满天下。

艾瑞德立足中原大地已经十年，办百年名校是我们全体瑞德人共同的心愿，我们必将全力以赴，让每一位学生因为母校而自豪，让我们每一个人都有无悔的青春。在这样一个时间节点，整理学生的作品，也是梳理我们教学成长之路，学生在自然生长，我们在努力奋进。祝福艾瑞德，也祝福每一位师生，下一个十年，更加美好！

杜 静